ほろり人情浮世橋

もののけ同心

JN282350

井川香四郎

竹書房
時代小説文庫

目次 ①

鷹匠《たかじょう》でござる

伊予金子藩《いよかねこ》一万石の藩主は、五十歳で自ら隠居し、狐思庵《こしあん》という茶室を兼ねた別邸で、八十の長寿をまっとうした。

彼が書き残した『鷹狩り短尺《たんざく》』という日記には、自分は武家の出ではないことに触れている。本当なら、北国の小藩で鷹匠《たかじょう》の下男として一生を過ごしたはずの、身分卑《いや》しい人間だったというのだ。

しかし、彼に接した大名や家臣からは、比類なき高潔な人物だという評価がある。領民からも敬愛されて、金子藩からは著名な国学者も出ているという。

彼が一万石の大名になった経緯は不明な点が多いが、旅の途中で交流のあった津軽《つがる》藩主との逸話から、その人柄が偲《しの》ばれる。

金子藩主堀川備前守兼敬《ほりかわびぜんのかみかねたか》、幼名雪太郎《ゆきたろう》の暮らしに変化が起きたのは、老中水野忠邦《みずのただくに》が活躍していた天保《てんぽう》五年（一八三四）冬のことであった。

一

背丈ほどの葦《あし》に身をひそめて、雪太郎は左手に乗せた蒼鷹《おおたか》を、凜《りん》とした目でなだめていた。獲物を前に興奮した鷹を、いきり立つ寸前で抑えている。

十数間先《じゅうすうけん》の沼で、小魚をついばんでいる丹頂鶴《たんちょうづる》が獲物だ。真っ赤な頭と雪のような白い羽が水面にゆらめき、優雅に歩いていた。

鷹匠の腕の見せどころは、「羽合《はあ》わせ」である。羽合わせとは、獲物が飛び立つのと同時に、左手の鷹をサイドスローの要領で投げかけることだ。このタイミングが微妙に狂えば、羽の大きい鶴の方がスピードを増し、蒼鷹は追いつくことができない。しかも、飛び立つまで、鷹の存在に気づかれてはまずい。

「まだだ。も少し、近づくのでな」

蒼鷹にささやいて、雪太郎は這《は》うように葦の間を進んだ。

見渡す限りの湿地帯は良好な鷹狩り場。雪太郎のはるか後ろには、殿様を中心に、総勢数十人の武具甲冑《かっちゅう》の家臣団が控えている。

これが、殿様最後の鷹狩りである。

殿様とは、奥州《おうしゅう》棚倉《たなくら》藩一万三千石藩主、松平《まつだいら》少将《しょうしょう》惟政《これまさ》。彼は譜代大名でありながら、時の老中水野忠邦の倹約令などを中心とした改革改策を、激しく批判したことから、隠居処分になった。だが、松平少将には嗣子《しし》がおらず、棚倉藩領は、幕府の直轄地となることになった。

少将と雪太郎はまた格別な関係にあった。

五歳の少将が初めて鷹狩りに同行したとき、狩り場の片隅に、座蒲団《ざぶとん》にくるまれただけの、生まれたばかりの赤ん坊が棄《す》てられていた。

それが雪太郎だ。赤ん坊を見つけた少将は、じぶんの弟ができたと思い込み、絶対に城へ連れて帰ると言ってきかなかった。

だが、譜代大名が、捨て子を我が家で養うわけにもいかず、鷹匠近藤宅兵衛《こんどうたくべえ》の下男にすることでまとまった。

「ただし……誰が親かもわからぬ不義の子じゃ。表沙汰《おもてざた》にしてはならぬぞ」

前藩主の強い言いつけで、雪太郎は狩り場から一歩も出られない一生を送るハメになったのである。

狩り場には、仮屋という殿様の休み所がある。雪太郎はそこで育てられ、物心がつく頃には、水汲《みずく》みをしたり、炭を焚《た》いたり、掃除をすることが日課で、手足の指は樵《きこり》のように節くれだっていた。

兄弟のいない少将は、雪太郎のことを身内のように慕い、鷹狩りにかこつけて狩り場に来ては、雪太郎と遊んだ。

身分の上下などない。剣術や柔術などの武芸をしたり、野や山で兎を追ったり、川でヤマメ釣りをしたり、二人でいれば、日がな一日遊ぶことには事欠かなかった。

少将は藩主の嗜《たしな》みとして、学問にも熱を入れていた。文字も書けない雪太郎であるが、少将の口真似《くちまね》で、四書五経《ししょごきょう》の一部をそらんじていた。が、意味はまったく知らなかった。

子供の頃から少将と接している雪太郎は、すっかり殿様言葉が染《し》みつき、それがしぜんな喋《しゃべ》り方になった。雪太郎が少将に向かって、

「セミを早く捕ってみせよ」

「危ないゆえ、寄るでない。控えておれ」

「苦しゅうないか？」

などと話すのである。

傍《かたわ》らから、側役《そばやく》の家臣らが見ていると、はらはらするのだが、当の少将が、雪太郎との交遊をちっとも変だとは思っていなかった。

その関係はお互いが長じても同じだった。

雪太郎の躰《からだ》はがっしりと大きく立派になり、決して小柄ではない少将と並んでいても、雪太郎の方が殿様に見えるほど威風堂々としていた。

そんな体軀《たいく》で、雪太郎は鷹匠顔負けの狩りをした。しかも、鷹の扱い方を生ま

れつき心得ているような、不思議な男だった。

鷹匠の仕事の中には、山奥に鷹の巣を捜しだし、野生の鷹を生け捕りにして、鷹狩り用の鷹に調教することがある。有能な鷹ほど、人に馴らされることは少ない。

だが、雪太郎は、熟練の鷹匠がさじを投げるような鷹でも、一晩もあれば、自由に操っていた。まるで馬や犬が頬《ほお》ずりするように、鷹の方から頭を擦《こす》りつけるのである。

「鷹が産み落とした人間かもしれん」

と家臣たちが噂《うわさ》にしたほどだ。

しかし、雪太郎には、情緒の面で欠陥があった。激しい感情を表に出さないのだ。よく言えば、いつも平常心なのだが、感情の起伏に乏しいのは、育った環境がそうさせたのか、生来のものなのか……三十五の歳になっても変わらなかった。

最後の鷹狩りに使うのは、雪太郎が最も信頼しているハヤカゼという蒼鷹である。

雪太郎は、程よい距離まで鶴に近づくと、わざと葦を揺らした。その気配に驚いて、沼から飛び立つ鶴に向かって、絶妙のタイミングで、羽合わせをした。

鷹は笛が鳴るような音を立てて、一直線に鶴に向かって翔《と》ぶ。その軌跡がはっきり見えるようだ。

「そこだ、捕らえろ！」

叫ぶと同時、雪太郎は素早い動きで、前方に向かって走り出した。鷹が鉄砲弾《てっぽうだま》なら、雪太郎自身は、猟犬である。鷹がその爪で落とした獲物を、素早く取りあげ、殿様のもとに届けるのである。

蒼鷹は、鶴の腰のあたりに体当たりするように飛びかかった。広げれば七尺以上もある大きな羽の鶴に襲いかかる鷹は、まるで熊に飛びかかる柴犬だ。

鷹の爪は鋭い。鶴は文字通り羽をもがれた鳥となって、地面に落ちた。既に、落ちる位置を見定めている雪太郎は、落下した鶴に躍《おど》りかかり、暴れないよう縄でしばりつけた。

大型の鶴は、首をもたげて、鷹の目や首を狙って襲いかかり、下手《へた》すれば、鷹の方が殺されてしまうからだ。

雪太郎の手慣れた仕儀を見届けて、家臣が叫んだ。

「召し捕った、見事、召し捕った！」

傷ひとつ付けず、差し出された純白の鶴を眺めて、少将は満足そうに頬をゆるめた。

「ようやった、雪太郎、最後の鷹狩りに相応《ふさわ》しい獲物じゃった」

「ははは、恐れ入ったか、おぬしには剣も学問もかなわんが、これだけは、どう見ても、わしの方が上だ」

雪太郎は、自慢げに鼻を上に向けた。

少将は頷《うなず》くと、今日の獲物をみなに振る舞った。獲物は鶴をはじめ、雁《かり》八羽、鴨《かも》十三羽、鶉《うずら》六羽、雉《きじ》二羽。それらを、狩り場の外れにある藩主の別邸で、台所役が調理し、家臣や陪臣たちが一同に会して食事をした。

今日が、最後の晩餐《ばんさん》なのだ。家臣たちは通夜の席のように、思い思いに藩主との別れを惜しんでいた。

少将は平然と鶴の汁だけを飲み干すと、

「みなの者……よいな、せっかく余が再仕官先を世話してやったのじゃ。追い腹は決してしてはならぬぞ」

と静かに立ち上がって、奥の間に行った。

藩主は、雪太郎だけに、来いと言った。

「おまえには何ひとつ分け与えてやるものがない。ただ……これは我が家の家宝じゃ」

と脇差《わきざし》を差し出して、「先祖が神君家康公から授かったというものだ。これを俺だと思って、達者で生きてくれ」

「わしはどうすればよいのじゃ？」

と雪太郎は寂しそうな目を向けた。

「旅に出るがよい。そのうち、おまえに相応《ふさわ》しい生き方が見つかろう」

「旅か……そういえば、わしは生まれてこのかた、まだ一度たりとも、この狩り場から出たことがない。少々、心細いのう」

「すまぬ、雪太郎。一人で生きてゆけ」

少将は雪太郎を押しやるようにして、次の間にいくと、狩衣《かりぎぬ》を脱いで白装束になった。

隠居を命じられて、はいそうですか、ときく少将ではなかった。彼は、公儀への意見書を書いた後、介錯《かいしゃく》もなく、切腹をした。

悶絶する少将の姿を、雪太郎は食い入るように見ていた。

「おい、こら。なぜ腹なんぞ切った。死んでしまうぞ、おい」

さすがの雪太郎もうろたえながら、動かなくなった少将に近づいて抱き寄せ、

「なぜ、このようなことをするのじゃ。おい、なぜじゃ！」

と何度も揺り起こそうとしていた。

その頃、誰がつけたのか、陣屋が炎に包まれ、手をつけられないほど拡がっていた。ちらほら雪が舞う中、喊声《かんせい》とともに領民たちが集まって大騒ぎになっていようとは、雪太郎が知るよしもなかった。

二

奥羽街道、小湊《こみなと》の宿場《しゅくば》は大雪だった。三日三晩、降り積もり、空も山も見渡す限り、純白の布が張られているようだった。

綿雪がひらり落ちてくる中、街道脇の小道で、なにやら、人が揉《も》めている声がした。尋常ではない大声だ。

「殿！　これ以上の愚行はおやめ下され」

眉の濃い脂ぎった顔の中年侍が、若侍の膝に抱きつくように押し止めている。

殿と呼ばれた若侍は、松陰《まつかげ》でしなを作っている遊女に、歩み寄ろうとしているの

だ。若殿の肌は、気味が悪いほど青白い。長い間、日にあたっていないのがよくわかる。

「放せ、無礼者。余にかまうな！」

飼い主から懸命に逃げ出す仔犬のように、若殿は何度も雪に足を滑らせながら、遊女に向かって腕を伸ばした。

実は、この若殿、津軽藩十万石の当主津軽侍従信順《じじゅうのぶゆき》である。

中年の侍は、国家老高倉相模盛隆《たかくらさがみもりたか》で、藩主の御守役《おもりやく》であった。高倉は太い鼻の穴を膨《ふく》らませて、

「ええい、とっとと失《う》せろ！」

と、遊女に向かって叫んだ。が、遊女の方は、ここは私の縄張りだい、とばかりに目で笑って、裾《すそ》をひらひらさせていた。

「おお、ういおなごじゃ。すぐに温《ぬく》めてやろうぞ」

津軽信順は希有《けう》な女好きとの評判で、参勤交代の道中においては、夜鷹《よたか》にまで手を出していた。その悪評は江戸表にも知れ渡っており、大広間詰の大名にあるまじき所業と、幕閣から抗議を受けたこともある。

だが、信順の正室の父親は、将軍家斉《いえなり》の実弟田安中納言《たやすちゅうなごん》である。別に天下を

乱す狼藉《ろうぜき》を働いているわけでないからと、この日も、宿場本陣から浪人姿で抜け出して、女漁《おんなあさ》りをしていた。

「おやめ下されませ殿！　女なら城にいくらでもおるではございませぬか」

「どけ高倉。わしはそこな薄汚れたのがよいのじゃ」

猛犬のように涎《よだれ》を垂らすと、家老を足蹴《あしげ》にして、遊女に飛びかかった。嬌声《きょうせい》をあげながら、遊女は若殿を、炭焼き小屋のようなあばら屋に誘い込んだ。

そのときである。

真っ白い世界の向こうから、奇妙な歌声が流れてきた。清元《きよもと》のような透き通った声だが、よくよく聞けば、論語の一節である。

『──子の曰く、これを道びくに政を以《もっ》てし、これを斉《ととの》うるに刑を以てすれば、民免れて恥ずること無し。これを道びくに徳を以てし、これを斉うに礼を以てすれば、恥ありて且《か》つ格《ただ》し……』

人民は法ではなく、徳で治めよというような意味あいである。若殿も家老高倉も首をかしげて見やった。

絹の紗幕《しゃまく》のような雪の向こうから、現れたのは、紋付き羽織《はおり》袴《はかま》姿の雪太郎である。かなりの雪だというのに、蓑笠《みのがさ》もつけていない。

「ま、まずい……」

高倉は慌てて、若殿を小屋に押し込むと、内側から閉めようとした。が、たてつけが悪く、なかなか板戸が動かない。軋《きし》む音に気づいた雪太郎は、人の姿をみとめると、

「おい。閉めるでない。寒いゆえ、暖《だん》を取らせてくれ」

と声をあげた。高倉はそれでも必死に扉を閉めたが、心張り棒がない。刀を腰からはずして、立てかけようとした寸前、木戸が開いて、雪太郎の顔が突っ込んできた。

「何奴《なにやつ》！　名乗りもせずに、土足で踏み込んで来るとは、うろんな奴」

刀の鯉口《こいぐち》を切る高倉に、雪太郎は屈託のない笑顔を見せた。

「すまぬ。三日も歩き続けたのだが、この大雪だ。やむまで、休ませてくれ」

ゆくあてもなく、街道をずっと歩いて来たと、雪太郎は話した。

羽織袴姿で、脇差だけを差し、挟箱《はさみばこ》を肩に担ぐという奇妙ないでたちだが、落ち着いた物言い、見るからに威風堂々とした体軀は、只者《ただもの》ではない。高倉は一瞬にして、そう見て取った。

「ゆくあてもなく……？」

怪訝《けげん》に雪太郎を見やる高倉の目に、益々、不安の色が広がった。雪太郎は高倉の表情など気づきもせず、奥の方で、手を握りあったままの若殿と遊女に、鷹揚《おうよう》に言った。

「ここは、おまえたちの家《うち》か？」

若殿と遊女は、きょとんと珍獣でも見るように目を皿にしている。

「わしの家も、こんなもんだったが、ちと作りが古すぎるのう。隙間風《すきまかぜ》が凄《すご》い。それでも外よりはましか、ははは」

遊女が、変な人、と首をかしげた。つられるように、若殿がパンと拳で掌を打った。

「面妖《めんよう》な奴よの。しかしじゃ、そこもととは、何やら気が合いそうじゃ」

と若殿が言った瞬間、高倉がずいと割って入って、よく顔を見えないようにした。

(とぼけたことを言っておるが、こんな雪の中をあてもなく歩くとは……もしや、若殿のご乱行を知って偵察に来た公儀隠密……!?)

高倉は雪太郎を警戒して、若殿の身分を明かそうとしなかった。雪太郎も、相手が誰かなどと、詮索《せんさく》をしようとはしなかった。三十数年生きてきて、接触した人間といえば、亡き殿松平少将と鷹匠たちくらいである。初対面の他人にどう挨《あい》拶《さつ》し、どう言葉を交わすかというような、社会的な知識はまったく欠如《けつじょ》していた。

「旅がかように寒いものとは、思うてもみなんだ」

と言ったかと思えば、

「野に放った蒼鷹たちも、わしと同じように寒い目をしているのかのう」

と独り言を言っては、遠い目になった。そんな雪太郎に、若殿こと、津軽信順は興味を抱いて、身分を明かした。が、雪太郎はまったく驚かない。それどころか、

「そうか、あんたも殿様か。一体、この世には何人殿様がいるのだ？」

と真顔で津軽信順に訊《き》いた。それには返答しなかったが、若殿は、雪太郎にどこから来たのかと訊いた。

「あっちからじゃ」

「国の名は」

「さような名は知らぬ。国は国じゃ。それより、おまえが殿様なら、こんなところで何をしておる。鷹狩りか？」

家老はどきっとして、雪太郎を見た。

(やはり、こいつは何かを知っている)

若殿は大笑いをして言った。

「鷹狩りとな。たしかに鷹狩りじゃ。夜鷹を摑《つか》まえにきた」

「夜鷹？　それはどのような鷹じゃ？」

若殿はからかわれているのか、真面目なのか、一向に正体を見せない雪太郎のことを、益々好きになった。

「夜鷹を知らんのか？」

「知らん。わしが知っておるのは、オオタカ、ハイタカ、ハヤブサ、ツミ、クマタカ。しかし、オオタカが一番、強いし利口だから、わしは好きじゃ」

遊女から離れた若殿は、目を輝かせて雪太郎の前に立った。

「鷹狩りが好きなのか？」

「ほとんど毎日」

「よほど、優雅な殿様なことよ。わが藩の藩主も代々、鷹狩りが好きでな、夢中になった余り、参勤交代に遅れた先祖もおる」

と若殿が笑うのへ、雪太郎は言った。

「サンキンコウタイとはなんじゃ？」

若殿はとっさに洒落《しゃれ》だと思った。

「なるほど。貴公も公儀への勤めなど、どこ吹く風という口だな。益々面白い御《ご》仁《じん》じゃ」

と若殿は大鼓のような甲高《かんだか》い声で、「一献《いっこん》傾けたい。あてのない旅なら、余の城へ来るがよい。どうせ国元へ帰るところだ」

若殿が雪太郎の肩を抱くと、高倉が渋い顔で何か言いかけた。若殿は構わず強引に城へ連れて行くと言い張った。

「あたいは、どうなんだえ？」

ふてくされる遊女に、若殿は一両を投げ与えると、雪太郎の腕を摑んで、雪の街道に飛び出した。

高倉も慌てて追いながら、唇を噛《か》んだ。

「まずい……本当にまずい……。あの人嫌いな若殿を、いっぺんに虜《とりこ》にしてしまった、あの男……やはり只者ではない……」

三

弘前《ひろさき》城下はすっかり雪がやんでいた。が、二十間はあろう大通りを挟んで林立する大店《おおだな》の軒《のき》看板は、真っ白なままだった。呉服問屋、油問屋、海産物問屋、薬種問屋、紙問屋など風格のある店舗が並び、路地には、小間物屋、飴《あめ》屋、菓子屋などが紺木綿地《こんもめんじ》に屋号を白抜きした暖簾《のれん》を出していた。

飴売り屋や煮売り屋ら、出商《であきな》いの威勢のいい声が、あちこちで聞こえはじめ、鋳掛《いかけ》師や雪駄《せった》直したち職人の姿も見える。雪だというのに、大荷物を背負った諸国行商の姿も大通りにごった返し、まるで商人の坩堝《るつぼ》に見えるほど活気に満ちていた。

「これは凄い。かような大勢の人間は、見たことがない」

雪太郎は子供のように、息を弾ませて、大通りや路地を駆け回った。露店の独楽《こま》や竹とんぼを手にしてみては、不思議そうに眺め、

「これは何じゃ？　何に使うものじゃ？」

と珍しげに掲《かか》げてみる。そんな雪太郎の屈託のない姿に、下々の暮らしぶりに

精通している若殿は思わず吹き出し、

「よほど、おんば日傘で育った御仁よな」

と愛《め》でるような目で説明した。雪太郎は世情に疎《うと》い天上人のように映ったのである。

行く手に白亜の三層の城が聳《そび》えていた。

「あれが、余の城じゃ」

雪太郎と幼なじみだった殿様の陣屋とは比べものにならない大きさだ。

「いや、こんな大きな家は初めて見たぞ」

と言いながらも、本丸、二の丸、櫓《やぐら》の配置、内堀外堀の役割などに詳しい。

いずれ、身分のある者であろうと、若殿は察した。

何十段もの石段を上って城内に来た雪太郎は廊下に通されて驚いた。

「いや、これはまた、珍しく長い部屋があったものじゃ」

案内役の家老高倉は、白々しい戯《たわむ》れを言いおってと鼻を鳴らしたが、雪太郎は高梁《たかばり》天井や襖絵《ふすまえ》を眺めて、ため息をついていた。控えている津軽信順の家臣たちの目を気にすることもなく、次々と現れる部屋を見て回る。そんな仕種《しぐさ》が、高倉には気がかりなのだ。

（何を考えているのか……しかし、このままではまずい。実にまずい……）

高倉の苛立ちをどこ吹く風と、若殿は雪太郎を大広間に連れて来させた。御簾《みす》が上がると、そこには金糸《きんし》の羽織に着替えた若殿が座っていた。傍らには小姓が二人控え、雪太郎の両側には、高倉家老をはじめ、藩の重職が十人ほど居並んでいた。

重職たちは何事かと訝《いぶか》っていた。若殿が会議を招集することなど、ここ半年、まったくなかったからである。

若殿は開口一番、雪太郎を扇子《せんす》で指して、こう言った。

「今日をもって、この者を家老にする」

重職たちはざわめいた。旅の途中で出会っただけの、身許もわからない者を、家老にするとは、いかに藩主といえども無謀極まるものだった。

「いいではないか。どうせ家老職はひとつ空いておろう」

三人の家老以下、中老、年寄、大番頭《おおばんがしら》、目付《めつけ》、町奉行、勘定奉行らは、きっと口を結んだままである。一同から目で促されるように、家老筆頭の高倉が進み出た。

「恐れながら殿。役職を決めるのは、藩重役による詮議を経てから行うのが筋。

どこの馬の骨かわからぬ者が家老とは、公儀にどう説明するのでございます」

「黙れ！　有能な人材を登用するは、我が藩の家訓じゃ。余の言うことが聞けぬ奴は即刻暇をやるから立ち去るがよい！」

それだけ言って、若殿は席を立ちあがり、用人に声をかけた。

「新家老を奥へ案内して参れ。特に許す。今宵はとことん飲むぞ。女どもとな」

はっはっと笑って、若殿が跳ねるように立ち去ると、重職たちはお互いの顔を見合わせて、ささやきあった。

「やはり、殿は狂っておるのか」

「夜鷹殿様どころか、大馬鹿殿様じゃ」

「うむ、このままでは藩の存亡に関わるぞ」

「こうなれば、押込《おしご》めするしかあるまい」

押込めとは、藩の重臣が会議の末、藩主を蟄居《ちっきょ》させ、実政権を幹部が操ることであり、無能な藩主を持った家臣がよく使っていた手法だった。

「おい、その方」

高倉は真っ白い眉を寄せて詰め寄り、「まさか、受ける気ではあるまいな」

「かろう、とは何じゃ？」

「き、貴様……か、からかっておるのかッ」

大声で怒鳴られると、雪太郎はしゅんとなって、もじもじと指をいじくりはじめた。

「おい、聞いておるのか」

「大声を出さんでもよかろう。わしは、その方のような乱暴者は好かん」

半立ちになって何か言い返そうとした高倉だが、腰を落としてそっぽを向いた。

「もうよい。奥へ行って、殿に付き合うがよい。だが……我々は断じて、殿のご決断を受け入れることはできぬ、のう御一同。ついては話し合った上で殿にご進《しん》言《げん》する。それでもご承知下さらねば、公儀に訴え出るしかありますまい」

低く落とした声で話す高倉の頬は、不気味なほど小刻みに震えていた。

雪太郎が突如、あっと叫んで、飛び上がると同時、隣室へ向かって駆け出した。大広間の後方にある控えの間に、丹頂鶴の剥製《はくせい》が据《す》えられていたのだ。

「おお、見事な鶴じゃ。うーむ、なかなかの逸品。これを捕らえた鷹は、さぞや凄い鷹なのであろうな!」

雪太郎は目尻を下げて振り返ったが、誰も返答をせず、類は友を呼ぶとはこのことよなあ、とため息だけが大広間に沈んだ。

四

「殿方はほんに、うぶなお人だこと」

湯船で小さく丸くなっている雪太郎を、三人の御殿女中が取り囲んで、からかった。湯と水を桶で交互に入れて、湯加減を整える侍女たちも含めて、八人の全裸の女にかしずかれている雪太郎は、頬が真っ赤に火照《ほて》っていた。まさしくハーレムである。

湯殿は高麗縁《こうらいべり》で、すぐ隣に八畳ほどの流し場がある。雪太郎はそこに寝かされ、糠袋《ぬかぶくろ》で躰の隅々まで擦られた。

「うひゃ、うひょひょ……」

脇の下や股間をくすぐられると、たまらず笑ってしまうが、雪太郎に恥ずかしさはなく、むしろ洗って貰うことを楽しんでいた。ひとしきり笑うと、

「よし、今度は、わしが洗うてやろう」

と女たちを座らせて、湯を弾くような絹みたいな滑らかな肌を、せっせと磨《みが》い

た。単純作業を喜んでする子供のように、つきあがった乳房やその谷間、窪《くぼ》んだ腰や尻の割れ目を、鼻唄混じりに洗った。

御殿女中の一人が、雪太郎の股間を見て呟《つぶや》いた。

「うぶだなんて、大嘘。さぞや慣れているのでしょう。これだけの女性《にょしょう》に囲まれて、何も変わらぬとは……」

雪太郎は女と交渉を持ったことがない。幼い子供のように、その方面にはまったく無知だったのである。頰の火照りもただ湯にのぼせただけだった。

水遊び同然の入浴が終わると、女物の綿入れ襦袢《じゅばん》を着て、その上に被衾《ひきん》をまとって、若殿の待つ一室に通された。

そこには、上臈《じょうろう》、年寄、中臈《ちゅうろう》をはじめ、二十人ほどの御殿女中が、雅《みや》びやかな綸子《りんず》姿で居並んでいた。それぞれが含み笑いをしたような穏やかな顔で、雪太郎にはまばゆいばかりの飾り物を揺らしていた。

「さて、こっちへ参れ。杯を交わそうではないか」

若殿が勧めると、雪太郎は並んで座ったが、酒はさっぱり駄目だった。匂いを嗅いだだけで、気持ちが悪くなる。

「しかし、本当に奇妙な御仁じゃ」

と若殿は、御殿女中が大杯に汲む酒を口に運んでから、俄《にわか》に真顔になった。

「そろそろ、よいのではないか、雪太郎殿」

「何がじゃ？」

「ここの女たちは信頼できる者ばかりじゃ。安心して、身分を明かしてくれ。その上で、腹かっさいて、話したいことがある」

「腹を切るのは御免だ」

「もう、おとぼけはよいのだ。実は、貴公の脇差、湯に入っている折に拝見したが、葵《あおい》一葉の紋所があった。ささ、貴公の本当の名と身分を知りたい」

「鷹匠でござる」

「たかじょう……高条《たかじょう》殿とは、もしや、奥羽高条藩五万石の……」

「いや、ただの鷹匠だ」

「――まったく、ぬかりのないお人よ。まだ、信頼できぬとみえる」

と微笑《ほほえ》むと、若殿は杯を置いて、雪太郎に向き直って、「余は、夜鷹殿様とバカ呼ばわりされているが、……実は、ある思惑があって、うつけ者のふりをしているのだ」

雪太郎は何の反応もせず、目の前の膳に並んでいる吹上げ、子漬け鱈《たら》、ささぎ飯などを珍しげにじっと見ている。

「我が藩は松前《まつまえ》藩とともに、北方警備という負担がある。その警備にかこつけて、毛皮やギヤマンなどを抜け荷をして、私腹を肥やす輩《やから》がおるのは、公儀も薄々勘づいておるようじゃ。つまり、密貿易じゃ」

「ミツボウエキ?」

雪太郎は一瞬、若殿を見たが、また膳に目を戻した。

「しかも、それを裏で操っているのが、藩重職の中におるのだ。最も怪しいのが、家老筆頭の高倉じゃ。——あやつめ、なかなかの策士でのう、シッポを出しおらん。わしの手下である早道の者という忍びに探らせたが、やつらも又、籠《ろう》絡《らく》されたのだ」

「……」

「やむを得ず、余は、夜鷹に狂ったふりをした。藩主がこの体たらくでは、奴はきっと油断して、正体をさらけ出すであろう、とな」

高倉は、小役人のような態度をしながら、その実は最も権力志向の強い男だと、中臈の一人がつけ加えた。

「貴殿は公儀からの使いであろう? あの大雪の中で、わしらに近づいて来たのは、たまさかのことだと言う気ではあるまいな」

しばらく俯《うつむ》いていた雪太郎は、地鳴りのような声で唸《うな》ると、はっと顔を上げた。

「これは何じゃ？　わしは変な物を食べると、躰中が痒《かゆ》くなるからな。青魚か？」

若殿はじれったそうな腰をずらして、杯をつんと侍女に差し出した。

「余を信頼できぬのか？　やましいことがあれば、貴公が公儀の使いかもしれんのに、こうして腹の中を打ち明けると思うてか？」

雪太郎は窮屈そうに足を組み直すと、

「青魚は決して食えぬのじゃ。食えぬやつは、無理には食わん。棄てろ」

駄々っ子のように侍女に皿ごと渡すと、雪太郎は漁《あさ》るように飯をかきこんだ。

「食えぬやつは、棄てろ……！」

若殿は右拳で左掌を叩いた。「そうか、さしずめ高倉は食えぬ奴。されば斬り捨てるしかない……事と次第によっては、闇討ちも辞せずというわけか？」

雪太郎が持つ箸の動きが止まった。御殿女中たちの顔が凍りつく。食べ物の中に異物でも混じっていたのかと案じたのだ。それは杞憂《きゆう》だった。

雪太郎は天井や廊下と隔てた襖を、きょろきょろと見回した。

「――？」

「如何いたしました……？」

中臈が声をかけると、雪太郎はすっと立ち上がって、襖を開けて廊下を見た。

蠟燭《ろうそく》も灯《とも》っていない薄暗い長廊下には、誰もいない。

「なんだ……誰かが隠れんぼうでもしてるのかと思うたが……」

「隠れんぼう？」

「よく遊んだんだがな、殿様と」

毎日、鷹と戯れ、自然の中で飛び回っていた雪太郎には、微妙な物音の変化に気づくほど、動物的な直感が身についていた。

「隠れんぼうとは……まさか!?」

三方の襖を開くと、両隣の部屋から、薙刀《なぎなた》を構えた奥女中警護隊ともいえる別《べっ》色女《しきめ》が、どっと現れた。鉢巻《はちま》き、たすき掛けで、三十人が潜んでいたのだ。

「何事じゃ」

上臈が声を荒らげると、別色女の筆頭が毅然《きぜん》とした姿勢で言った。

「曲者《くせもの》にございます。奥へ奥へ！」

やはり、高倉が放った間者《かんじゃ》が、奥にまで忍び込んでいたのだが、素早く逃げたのだ。それにしても、よく気づいたものよと、雪太郎の並々ならぬ洞察眼《どうさつがん》に若殿は感心した。

「――なるほど、間者が潜んでいるのを悟っていたから、身分を明かさなんだか」

若殿は深く頷いて、「もはや、貴公の本当の身許は勘繰《かんぐ》るまい。余の味方であることだけで充分じゃ」

五

翌朝、登城一番、家老高倉は、重臣たちに諮《はか》って、雪太郎が家老に相応しい人物かどうか、殿の面前で試すことにした。それに合格しさえすれば、若殿の推挙どおり、津軽藩の家老として正式に迎えるという。

「それで、ようございますな、殿」

それが高倉の策略であることは、若殿も勘づいていた。

若殿は一同を見回したが、重臣たちは、言うことに従わねば、すぐに押込めをする覚悟の目つきである。若殿がここで本音をさらけ出して、高倉の悪行を述べたとしても、うつけ者の与太話にしかならないだろう。

多くの重臣たちは、高倉を信頼している。納得させるには、それなりの策が必要だ。

「やむを得まい。で、その試しとは……」

と肩を落とす若殿に、高倉がしたり顔で、

「文武両道が我が藩の誇りなれば、まずは剣術のお手前から」

既に、藩剣術指南役の河辺陣内《かわべじんない》を呼びつけてある。北辰一刀流《ほくしんいっとう》の大目録皆伝の腕前は藩随一だ。

試合の用意はすぐに整えられた。

城中本丸の中庭に来た雪太郎は、大勢の見物客を見ても、尻込みをしなかった。鷹狩りの折は、もっと人が見ているからだ。

武器は何を使っても構わない。三本勝負で一本でも取れば雪太郎の勝ちだ——と審判役に説明された。

「甘く見るなよ。奴は、俺の放った腕利きの間者を見抜いた男だ」

高倉は河辺にささやくと、自席に座って、勝負の成り行きを見守った。

この機に乗じて、雪太郎の脳天をかち割れ――それが高倉からの命令だった。河辺の腕なら、木刀でも必ず死に至らせるはずだ。

河辺の目は獣のように鋭くなった。

雪太郎の方といえば、玩具を手にした幼児のように、木刀とタンポ付の槍《やり》、両方を持って、声を出してはしゃいでいる。

「もう遊び相手がいなくなったと思うていたが、このように早く遊べるとはなあ」

――剣を遊びと言いおった。

河辺は胸に走る苦々しい苛立ちに、思わず口を開いた。

「お遊びがお嫌なら、真剣では如何《いかが》かな？」

若殿のみならず、重臣たちも、それはならぬと止めたが、雪太郎自身は飄然《ひょうぜん》と、

「わしはいいが、怪我《けが》をするぞ？」

「一向に構いませぬ」

と河辺は余裕の笑みさえ浮かべている。

「では真剣勝負と参ろう」

雪太郎は真剣と槍を貰い受けた。

イザッ、と構えた河辺には、一点の隙もなかった。真剣の切っ先は、水滴が触れても真っ二つに切れると思えるほど、冷たい光を放って静止していた。

だが、雪太郎はまともに構えない。ちんたらちんたら、戦う気がないのか、それが単なるポーズなのかわからない。

（――隙だらけではないか）

と河辺は思った。だが、一歩でも踏み出すと、雪太郎はサッと後ずさったり、横に跳んだりした。まるで、ボクサーのジャブを楽しんで避けているような仕草だ。

無敗を標榜《ひょうぼう》している河辺だが、実は一度だけ負けたことがある。若い頃、修行の旅の下で出会った新陰流《しんかげ》の使い手と、尋常に勝負をした。その相手が、目の前の雪太郎のように、のらりくらりと真剣勝負らしからぬ構えをしていたのだ。

しかし、その武芸者は、燕尾《えんび》の太刀という優れた剣術の持ち主で、ほんの一瞬の隙に、河辺は刀を弾き飛ばされた。

（いやな構えだ……）

忌《い》まわしい昔の一コマが、苦い匂いとともに、河辺の脳裏にはりついた。瞬《まばた》きもせず、じっと相手を見据える河辺に対して、雪太郎は時折、槍を突き出すだけで、ひょっとこのように踊っている。

「こっちぞよ。早う斬りかかって来い」

雪太郎は笑った目でけしかけた。小野《おの》派一刀流の流れをくむ北辰一刀流は、攻撃を真骨頂としているだけに、踏み込めないでいる河辺の方が不利に見えた。

そのとき、

「どりゃあー！」

と突如、地面が裂けるかと思えるほどの叫び声をあげて、雪太郎が槍を放り投げると、マサカリを肩に担ぎ上げるような格好で、河辺に突っかかっていった。

河辺は雪太郎の大声に膝が崩れたかに見えたが、それは素早く身を躱《かわ》した所作だった。雪太郎の剣は唸りをあげて、河辺が横に払った刀の腹を打ちつけた。

ガッキーン。激しくぶつかりあう音が響き渡り、見物している家臣たちが、思わず腰を浮かした。

雪太郎のバカ力で手が痺《しび》れたのか、河辺の下唇が斜めに歪んだ。が、後ろに飛び下がって、体勢を整える動作は早かった。雪太郎の方は、相変わらず、間合いを取って、へらへら笑っている。

「凄い、凄い！　さすが剣術指南役じゃ。強い、強いぞ」

河辺は焦りを感じて、踏み出すが、やはり雪太郎は身軽に跳ねて、間合いを詰めさせない。無駄に刀を振ってみせる動きも、河辺には理解できない空恐ろしさがあった。

(――おとぼけも、ここまでやるとは、かなりのお方よ……。下手をすれば、本当に、やられるかもしれん)

また、昔の敗れた情景がよぎった。

「ま、まいった！」

河辺は片膝を突き、刀をその前に置いた。

「なに。もう終《しま》いか？　まだ何もしてないではないか」

雪太郎はつまらなそうに、刀を振り回しながら、見物人を振り返った。家臣たちは固唾《かたず》を呑んで見守っていたが、若殿が「勝負あった」と叫んだので、一同はため息をついた。

「高倉！　これでよいなッ」

高圧的に見える若殿の眼光には、いつにない精悍《せいかん》さと鋭さがあった。若殿の自信に満ちた顔つきに、高倉はたじろぎつつも、

「いえ、まだ文武の文の方が、どれほどのお方かわかりませぬ。身共も含め、各奉行を集め、政事《まつりごと》の問答をしとうございますれば」

「よかろう」

若殿はすぐに返答した。吹雪《ふぶき》の中を歩きながら、論語を歌っていた男である。学問ならばかなりのものと見ていた。

高倉はシメタと舌を打った。藩政や財政には難題が山積みとなっている。藩随一の論客と言われる勘定奉行真鍋義弘《まなべよしひろ》は、高倉の腹心である。奴なら、雪太郎を言い負かすことができると、ほくそえんだ。

六

津軽藩は、農産物、海産物、漆器《しっき》、陶器などを北前船で江戸に送っていたが、長らく続いた飢饉《ききん》のせいで、特産の手工芸品も生産力が落ち込んでいた。

それに加えて、藩は、寛政《かんせい》年間からという三十年以上の長い借金状態であった。返済できない糞詰まり状態から脱却するためには、大改革を行うか、新しい事業を成功させるしかなかった。

評定に使う鳳凰《ほうおう》の間には、家老三人と勘定奉行二人、町奉行一人、他に蔵奉行や普請《ふしん》奉行ら現場の官吏も下座に控えていた。

勘定奉行の真鍋は、藩の内政事情を述べてから、雪太郎に訊いた。

「――このように、百万両にものぼる借金を抱えて、参勤交代すらできかねる当藩で、千石取りの家老を雇うわけには参らぬ」

「せんごくどり？　どんな鳥じゃ？」

雪太郎がいつもの、きょとんとした顔で尋ねるのを無視して、真鍋は続けた。

「この酷《ひど》いありさまをどう建て直すか、如何に？」

居並ぶ藩重職は、最も下座で虚空を見ている雪太郎を振り返り、何と答えるか興味深げに待っていた。しかし、雪太郎は座禅を組むように微動だにしない。

「雪太郎殿、如何」

と真鍋が眉間に皺《しわ》を寄せて言った。「果たして藩財政を潤す善策があるや？」

張り詰めた緊張に水を差すように、雪太郎がむず痒《がゆ》そうに立ち上がった。

「つまらぬ。なぜ、かような話をしてるのじゃ。わしはじっとしておるのが好かん」

「――どうやら、議論をすることもなさそうですな、殿」

と家老席の高倉は、勝ち誇ったように上座の若殿を見やり、「能のない者を家老に招く時節ではございませぬぞ」

若殿の表情が一瞬翳《かげ》ったが、

「しかし、能ある鷹は爪を隠すというぞ」

鷹、という言葉を聞くやいなや、雪太郎の瞳が輝いた。

「さよう。優れた鷹ほど、己の技量を表にせぬものじゃ。しかし目を見ればわかる。眼光は明星の如く清く澄み、刃物のように鋭いからじゃ。鷹とて人と同じでな、古い書物によると、五つの徳、すなわち『仁義敬勇智』を兼ね備えておらねば、獲物を捕ることなどできぬのだ。もっとも……五徳とは何か、わしはよう知らんが」

若殿はもちろん、同席した奉行たちは呆然《ぼうぜん》と、能弁になった雪太郎を見上げていた。

「鷹は生まれながらにして、獲物を捕る力がある。しかし、野生の鷹は、必ず己より小さい鳥を狙う。それでは鷹狩りには余り役に立たぬ。優れた鷹を見つけ出してから、五徳を叩き込む。するとどうじゃ、鷹は驚くほど強くなり、己の何倍もある鶴を狙うほどになる。無謀に見えるが、修行を積んだ鷹にとっては当たり前のこと。そんな鷹に仕込むのが、鷹匠の仕事じゃ。つまりは鷹を生かすも殺すも、鷹匠の腕次第ということになる。鷹を使うことよりも、育て上げることの方がいかに難しいか……うぐッ」

雪太郎はひと唸りして、黙り込んでしまった。余りにも大きく口を開けていたから、小蠅《こばえ》が飛び込んだのだ。口をもぞもぞさせて、指先でほじくり出した蠅を見て、

「うーむ、虫か」

と唸った。何か言い出しかねるような雪太郎の顔を、一同はじっと見守っていた。雪太郎は小蠅を袴に擦《す》りつけてから、

「虫といえば、どのように優れた鷹にでも、虫はぞろぞろ張りつくもんでな、うむ。しかし、鶴を捕る鷹でも、己についた虫は捕ることができぬ。されば、どうするか……」

重職たち一同は、次第に前に前にと躰を乗り出している。雪太郎は、赤ん坊のような瞳で、一人一人を射るように見つめながら、

「それは、煙じゃ」

「煙……？」と真鍋が聞き返した。

「さよう。煙を燻《くゆ》らして、鷹の羽毛の中に竹筒で吹き込むとな、そりゃ面白いように、ころりころりと羽虫が落ちてくる。どんなに羽の奥に隠れてても、ころりころりじゃ」

そこまで言った時、高倉がバシッと扇子で床を叩いて息を荒らげ、

「鷹の話なぞ訊いておらぬ」

と言ったが、勘定奉行の真鍋は目を細め、なるほど、と膝を打った。

「御家老。いみじくも雪太郎殿が言わんとするところ、わかり申した」

「――なんだ」

「我が藩のことを、今の鷹の話に例えれば、能ある鷹とは若殿のこと。一昨年の飢饉の折、百姓一揆を制し、無血で処断した殿がかような夜鷹殿様になるはずがない。これには何か、殿に思案があってのこと……殿、違いますか？」

若殿はまだ黙って見守っている。

「そして『仁義敬勇智』の五徳とは、我が藩の家訓にもある言葉。近年、金、金と財政面ばかりの政治を論じ、五徳の実践をおろそかにしたツケが回ってきた。五徳を心得た有能なお人でも、それを補佐する者の人品が卑しければ気力を生かせない、と言っておるのでしょう」

眉根を寄せた高倉も、勘定奉行の話を黙って聞いている。

「そして、肝心の政策ですが……有能な若殿といえども、獅子身中の虫には気付かないということに触れておられる。悪い連中を燻《いぶ》りだすことが、悲惨な藩の状態を根本から改善する方策だと言うのです。雪太郎殿、さようでございますな」

藩随一の学究肌の論客だけはある。きっちり説明してみせた。だが、高倉は納得できない。具体性のない詭弁《きべん》だと断じた。

「雪太郎殿、その方、この藩内に、殿をたぶらかす不埒者《ふらち》がおるとお言いか!?」

高倉に詰め寄られて、雪太郎はにこりと微笑みかけた。

「おぬしは、ミツボウエキをしてると聞いたが、それは何じゃ？」

「な、なな……！」

「ハチミツが竹の棒にでもくっついとるのか？」

「誰がそのようなことを言うた」

「あいつじゃ」

雪太郎は人指し指を若殿に向けた。

「まさか。この殿が知ってるはずが……！」

と言いかけて、高倉はとっさに口をつぐんで俯いた。

「語るに落ちたな、高倉」

若殿は凛々《りり》しい目になって言った。だが、その瞳の奥には怒りの炎がある。

「めっそうもない、殿。この雪太郎めが言うことなど、とるに足らぬ……」

「だまれ高倉！」

若殿が脇息《きょうそく》を投げつけると、高倉の額に命中して、ガツンと鈍い音がした。奉行らはあっと声をあげて、総立ちになった。騒然と乱れる中、上段の間から駆け降りた若殿は、むんずと高倉の襟首《えりくび》を掴んだ。

「余の目を見ろ！　夜鷹にうつつをぬかすバカ殿か」

「おろろらま（お殿様）……」

高倉は頭を強打したせいか、一瞬、呂律《ろれつ》が回らなくなり、「わらしが何をりたと言うろれす。殿にひたうら仕えてりた私が……」

「勘定奉行真鍋。余の命令じゃ。今すぐ、高倉の屋敷を探るがよい。北前船を通して長崎に運んで処分する抜け荷があるはずだ」

高倉は威儀を正し、呂律もしっかりと、

「いや、しかし、それは、藩の逼迫《ひっぱく》した財政を少しでも救うための……」

「見苦しいぞ高倉！」

若殿に突き放された高倉は取り乱した。藩臣たちの冷たい視線を浴びて、逃れようのない自分に気づいた。直属の部下の真鍋ですら非難の目を向け、高倉と結託している回船問屋を早々に捜し出すと決意表明をした。

「かくなる上は！」

高倉は襟を広げると、脇差を抜いて、毅然と腹にあてがった。ぐいと銀色の切っ先を刺そうとした寸前、

「切腹はならぬッ」

と声をかけたのは雪太郎だった。「それは痛い。のたうち回って、目ン玉が飛び出るような顔で、血へどを吐きながら死ぬ。この前、見たばかりだが、なかなか凄《すご》いものだぞ」

高倉はうっと唸って固まった。

「切腹は国が潰れてからでもよいのではないか？　わしと昵懇《じっこん》の殿様もそうした。割腹なんぞすることはない。人が死ぬのは、もう見とうない。のう……死んではならぬぞ！」

雪太郎は力まかせに高倉に抱きついて、切腹を止めながら、若殿を振り返っ

た。

「おまえも嫌いじゃ。乱暴者は好かん」

と血が滲《にじ》む高倉の顔を、袖で拭《ぬぐ》ってやった。

若殿は唖然《あぜん》としたが、初めて会った雪の中で詠んでいた論語の一節を思い出し、

「法ではなく、徳で治める……か」

と大きく頷いて、腹をだらしなく出したままの高倉の前に凛然《りんぜん》と立った。

「雪太郎殿の情けが、おまえにわかるか？　——切腹は藩が潰れてから、とは、内々に処理せよとの思いじゃ」と若殿は脇差を取り上げて、「罪は生きてつぐなえ」

「——罪は生きて……」

高倉が見やると、雪太郎は既に素知らぬ顔で、飄然《ひょうぜん》と床の間の掛軸などを眺めている。その後ろ姿をしばし見つめていた高倉は、

「一体、あなたは……」

と薄ら涙を浮かべて、両掌《りょうて》をあわせた。

「——殿……」

高倉は不正の一切合切を告白した。

「正式な沙汰《さた》があるまで蟄居しておれ」

若殿が言い渡すと、高倉はむしろ満足げに微笑みすら浮かべて、袴を引きずるように詮議の間から出て行った。

若殿は高倉を解任して後、雪太郎を藩に引き止めようとした。が、雪太郎は、旅は人に会えて楽しいと言って、忽然《こつぜん》と姿を消した。

伊予金子藩の藩主になったのは、この一件があってから、およそ六年後の天保十二年（一八四一）の春である。

（了）

ふろしき同心

一

深川仙台堀《ふかがわせんだいぼり》のほとりには、名もない藻の花が咲き乱れていた。淡緑や黄緑の小さな花びらが残照にそよぐ姿は、幻想的であった。

大川をひとつ越しただけで、江戸市中にはない田舎《いなか》じみた風情が残っている。

西の空だけが、かすかに紫に染まった。

その薄暗い闇の中に、乱れた息で突っ走る一人の男が浮かびあがった。四十がらみの不精髭《ぶしょうひげ》で、折れそうな足はもたついている。時折、振り返っては、路地に駆け込み、息を整えるとまた走り出した。

誰かに追われているようだ。

はるか後ろに、二人の男の姿が見える。いずれも一本差の浪人で、逃げる男とは違って、屈強な足腰をしていた。

「いたぞ。構わんから、斬り殺せ」

声を低めて、一人の浪人が言った。相棒が闇の中で頷くと、双手《ふたて》に分かれて追ってくる。

四十がらみの男は、たたらを踏むように崩れ、掘割沿いの道にしゃがみこむと、ぜいぜい喉を鳴らして咳《せき》込んだ。

「ち、ちくしょう……こんな所でくたばってたまるか、ちくしょう……」

膝をついて立ち上がると、目の前にきらり光るものがヌッと出てきた。抜身の刀だ。粗末な布で頬《ほお》かむりをした浪人である。

ひッと声をあげて、踵《きびす》を返すと、そこにも浪人が刀に手をかけて立っていた。

「！……」

冷徹な浪人たちの顔を見ると、男は足がすくんだが、ひるがえるやいなや、

「死んでたまるかッ」

と最後の力を振り絞って、仙台堀に飛び込んだ。その寸前、一人の浪人が、背中に一太刀浴びせた。ギャッ——という叫び声と同時に、水飛沫《しぶき》があがったが、男の姿は宵闇《よいやみ》もあいまって、水面から見えなくなった。

「止《とど》めを刺さねば！」

一人が掘割を覗《のぞ》き込もうとすると、相棒が緊張した顔になって、舌打ちをした。

「まずい。人が来たようだ」

櫓《ろ》の音がする。

闇の中を、大川の方へ向かって、小舟がゆっくり来る。夜釣りの舟であろうか。

浪人二人は路地に引っ込むと、小舟が通り過ぎるのを待っていた。

櫓を漕《こ》ぐ音がやんで、船頭のうわずった声があがった。

「おい、しっかりしろ！　おい！」

掘割に飛び込んだ男が見つかったようである。浪人二人は、やむを得んと目を交わして、その場から急いで離れた。


船宿『千成《せんなり》』は、仙台堀から大川へ抜け、両国橋寄りの川端にある。

柳橋や堀江町あたりの騒々しい船宿に比べて小さな店構えだが、白木の格子戸が小粋で、しっとりとした風情があった。

「知らねえのかい!?　俺たちが立ってるこの地面てなァ、まーるいんだぜ」

粋な雰囲気をぶっ潰すバカでかい声が、いつものように、千成の二階から漏れていた。浄瑠璃《じょうるり》でもうたわせれば似合いそうな、張りの強い声音《こわね》である。

声の主は――岩馬太平《いわまたいへい》。

南町奉行所の市中取締諸色調掛り《しちゅうとりしまりしょしきしらべがか》の職務についている、三十前の若き同心である。長たらしい役職だが、物価の市場調査が主な仕事という、いわゆる事務方である。

二月《ふたつき》前までは、定町廻り《じょうまちまわ》をしていたが、見習い時期を含めて十年、ひとつも手柄を立てたことがない。上役の与力に見限られ、内勤に異動させられたのだ。

もっとも、天保《てんぽう》のこの頃は、与力や同心などの御家人がやたらいて、幕府は仕事を与えるのに苦慮していた。今のようにリストラをするわけにもいかず、一人でできる仕事に、二、三人で取り組ませるのが実態だった。

太平も余剰人員だから、三日勤めて二日休む、という気儘《きまま》な暮らしを続けていた。それゆえ、奉行所内ではもっぱら、能なしの大飯食らいだとか、大ぼら吹きの木偶《でく》の坊と噂《うわさ》されていた。

(大ぼら吹き――か。実に、いい響きじゃねえか)

太平は己の悪評を聞いても、笑ってやり過ごしていた。六尺を超える大男が、猫背でゆったり歩く姿は威圧感がある。それが、にやりと笑えば、不気味を通り越して、怖く見えるときすらあった。

関東一円を牛耳《ぎゅうじ》っていた大盗賊の末裔《まつえい》――というのが太平の自慢話のひとつ

だった。戦国時代、千頭余りの騎馬隊を使って、農作物や金の略奪を繰り返したという豪気な話だ。

岩馬という姓名は、武田信玄、上杉謙信、今川義元らに攻められても、騎馬隊がまるで岩のように頑強で、決して負けることがなかったからだという。それが事実なら、戦国大名になっていてもよさそうなものだが、

「いや、先祖は決して人殺しをせず、人々が暮らしている土地を奪い取ることもしなかった。大盗賊の先祖より、大名たちの方が、ずっと悪党だったってことよ」

と実《まこと》しやかに、言い訳している。

盗賊の末裔と言われれば、悪党づらに見えないでもない。だが、見かけによらず、おとなしい性質《たち》であり、暴力沙汰《ざた》どころか、口論する姿さえ、誰も見たことがない。

無駄口を叩《たた》かず、手柄話をしないのは、武士のたしなみだが、太平は同僚が聞いていて、ばかばかしくなるほど自慢する。百人の浪人集団と一人で渡り合っただの、公儀の御金蔵破りを捕らえて改心させただの、幕府転覆を狙う者から将軍の命を救っただのと、作り話を平然としているのだから、ほら吹きと言われても

仕方がない。

誰も信じているわけではないが、太平が張りのある声で語ると、妙に本当のように聞こえるから不思議である。

この日も——明け方近くまで、千成の常連客を捕まえて、侍のくせに、伝法な口調で喋《しゃべ》っていた。

「信じねえのかい？　地面てなアな、まーるいんだ。長崎に行ったときによ、学者に教わったんだから、間違いねえ」

「——まるい、ねえ」

大工の辰次《たつじ》、瓦版屋《かわらばん》の留吉《とめきち》、口入れ屋の市蔵《いちぞう》、火消しの与一郎《よいちろう》、辰巳《たつみ》芸者の桃路《ももじ》ら、常連客が車座になっている。

傍《かたわ》らでは、女将《おかみ》のおつたが暑がりの太平の首筋に、軽くうちわをあおいでいた。

「まるいって旦那ぁ、あたしら、お伊勢《いせ》まで行ったことあるけど、東海道をどこまで行っても、地面は平らでしたよ？」

と、おつたが艶《つや》っぽく襟元《えりもと》を下げるのへ、太平は鼻をこすって言う。

「じゃ、遠眼鏡《とおめがね》で見てみな。上方《かみがた》なんざ見えねえぜ。それが、地面がまるく歪んでるって証《あかし》なんだ」

「遠すぎて見えないだけでしょ？」

太平は、団子を掲げて、一点を指した。

「まあ聞きねぇ。ここが江戸なら、唐《から》、天竺《てんじく》よりずっと遠いオランダって所は、この辺りだ。団子の裏っ側なんだよ」

「……」

みんなじっと団子を見つめた。

「しかしよ旦那、これじゃ、まっつぐ歩いていきゃ、ストンて落ちるじゃないですか」

大工の辰次が、ぶ厚い唇をとんがらかすと、太平は膝を叩いた。

「落ちないんだな、これが」

口入れ屋の市蔵が首を傾《かし》げる。

「どうしてです？　この上っツラはいいけどよ、下の方は、どう考えたって落ちる。頭が下になって、地面に足がついてる道理がありやせんよ」

そう言われて、太平はウッと詰まった。

「そりゃそうだ」「道理がねえ」

火消しの与一郎と瓦版屋の留吉が、さあどう説明してくれる、と膝をずらした。太平は平然と咳払いをひとつして、

「この下ン辺りに住んでる奴はだな……コウモリみてえに木にぶら下がって生きてんだ。だから、落ちるこたあねぇんだよ」

一瞬、きょとんとしていた辰次たちだが、ぷっと吹き出した。芸者の桃路が、袖を振って、太平の頬を叩く真似をして、

「また担がれるとこだった。この嘘つき」

「う、嘘つきだとォ！」

俄《にわか》に、太平の目の縁が真っ赤になるやいなや、桃路は大袈裟《おおげさ》に三つ指をついて、頭を下げた。

「ごめんなさい旦那ぁ。嘘じゃない。ほら、でしたね。嘘は心の恥、ほらは心の張り――ですものね」

嘘は人を傷つけるが、ほらは人を和《なご》ませるという理屈で、太平の中では、一線を画しているらしい。

「……ま、わかってりゃいい」

穏やかな顔に戻って、太平は杯を口に運んだ。一同が、親しみをこめた顔で大

笑いしたときである。階下で物音がした。

「矢吉《やきち》が帰って来たのかしら」

おつたが立ち上がる前に、矢吉が物凄い勢いで階段を駆け上って来た。まだ十八。幼さが残る息子だが、すっと通った鼻筋など、亡くなった父親にすっかり似てきた。

父親は五年程前、ある押し込み事件で、人を庇《かば》って殺された。腕っぷしが強く、気風《きっぷ》もよい江戸っ子で、おつたにとっても自慢の夫であった。太平が伝法な口調になったのも、ここの親父《おやじ》に、遊んで貰ったからだ。

今は母息子二人で、しっかりと父親が残した船宿を切り盛りしている。船宿の客だけでは、小さな店はやっていけない。夜中になると、近在の出合茶屋《であいぢゃや》などを相手に、釣り舟を使って、出前をしていたのである。

「お疲れさん。まあ、一杯やれ」

太平が徳利を差し出した。

「それどころじゃねえんです、旦那」

矢吉は精悍《せいかん》な顔の汗を拭って、「実は、妙な拾い物をしましてね」

「妙な拾い物？」

首を傾げる太平の腕を、矢吉は摑《つか》んだ。

二

矢吉に連れられて、心浄寺《しんじょうじ》六角堂近くの町医者清庵《せいあん》宅を訪ねたとき、太平はすっかり酔いが醒《さ》めていた。

清庵は深川で二十年も開業している町医者で、太平の寺子屋の先生でもあった。

「随分、でけえ拾いもんだな、え？」

捨て猫のような脅《おび》える目で、その小汚い男は、太平を見上げた。瘦《や》せているせいか、目の玉がぎょろりとして見える。

左腕と右肩から背中にかけて、ばっさり斬られている。疵《きず》はすでに清庵が手当てをしていたが、縫合するほどの深手ではなかったらしい。

仙台堀で、舟で通りかかったところを助け上げたことは、矢吉から道々聞いていた。男を斬ったと思われる二人連れの浪人の後ろ姿をちらっと見たが、闇にまぎれて、顔や躰《からだ》つきはわからなかったという。

「相手は山賊かい、海賊かい。まさか。カマイタチじゃあるめえ?」

太平が尋ねても、男は背中の痛みに顔をしかめるだけで、一切口を開かない。耳も聞こえず、口もきけないのかと思えるほどだった。

「舌まで切られたようだな。まあいい、夜が明けたら、南番所に連れてってやるよ」

と言った途端、男は鞭《むち》打つように立ち上がった。番所とは町奉行所のことである。

「よしてくれ。御番所なんか、冗談じゃねえ。これは只《ただ》の辻斬りかなんかだ。命が助かっただけ儲けもんだ。俺に構わないでくれ」

男は、矢吉と清庵に一礼して、玄関へ向かおうとした。清庵が制止するのも構わず出て行こうとする男の背中を、太平はツンとつっ突いた。

ぎゃッと悲鳴を上げる男に向かって、太平はニタニタ笑いかけた。男から見れば、聳《そび》えるような処《ところ》に、天狗のような顔がある。男は気味悪げに、後ずさりした。

「ほれ、触っただけで痛いんじゃねえか。しばらく、清庵先生とこで養生しな」

男は何か言いそうになったが、太平は、まあいいから座れと肩を押した。

「お上《かみ》が嫌いなようだな」

「……」

「実は俺もなんだ。だからよ、おめえが誰にも言うなと言うなら、喋らねえ」

男は訝《いぶか》って目を細めた。

「……」

「そんな目をしなくてもよ……安心して、ここにいな。疵が癒《い》えるまでよ」

男はどうも、長年人様の親切に触れてきてないらしく、疑り深い目でじっと太平たちを見返すだけだった。

「——おいら、何ひとつ悪いことしてねえ。なのに、なんで、こんな目に……」

と言うと、太平たちに背中を向けた。感極まったのか、男が泣き出したのは、肩の震えでわかった。

どうせ、人足寄場《にんそくよせば》か、出稼ぎ先の辛《つら》い仕事に我慢できず、逃げ出したのだろうが、

(何しろ、浪人に斬られたとあっちゃ、捨てておけねえな)

と太平は思った。

清庵は、やっかいなものを担ぎ込んでくれたものだ、と矢吉にささやいたが、

本音ではない。矢吉の親父とは長いつきあいで、気風のよさが父譲りだということを知っているからだ。

それにひきかえ太平は……小さい頃から、口だけ調子よくて、まともに物事を成したことがない――と意見をしたげな瞳を、ぶよついた顔の中で光らせる清庵だった。

「かなり深えわけありのようだ。他言は無用だぜ、清庵先生」

「よく言うよ。おまえこそ口に気をつけな」

八丁堀の組屋敷には戻らず、出仕した。船宿千成に立ち寄れば、いつものことだった。

屋敷には、太平の父親から仕えている茂吉《もきち》という小者がいるが、もう六十である。飯の支度や掃除はともかく、奉行所に同行させるには年がいきすぎていた。

だから、御用箱の代わりに、大きな風呂敷を背負っていた。唐草模様である。

それに、半纏《はんてん》や小手脛当《こてすねあて》、長十手《ながじって》など一切の道具を包んでいた。

髷《まげ》は小銀杏《こいちょう》、朱房の十手を羽織で隠し、着流しで歩くいなせな定町廻り同心とは、比べるのも情けないほどダサい姿であるが、妙に太平には似合っていた。

数寄屋橋《すきやばし》内の南町奉行所。黒渋塗りの長屋門をくぐったときから、いつもと違う、騒々しい空気が流れていた。

鴨居《かもい》に頭をぶつけないように、同心詰所に入ったとたん、「これはまずいことだ」「殺すのもやむを得んだろう」などという物騒な声が、太平の耳に飛び込んできた。

話の中身は、溜預《ためあず》けの咎人《とがにん》が逃亡した、ということだった。溜預けを科せられている者は、まれに恩赦で解き放たれるが、佐渡の金山送りになることが多かった。いわば終身刑である。

太平は今朝方会ったばかりの、痩せた男のことを思い浮かべた。

(まさか、あの男が……)

太平の直感は当たっていた。

股引《ももひ》き、鎖入り鉢巻《はちま》きの捕物姿になった、同心たちが持っている似顔絵は、まさしく矢吉が助けた男の顔だった。

慌ただしいせいか、太平の微妙な表情の変化には、誰も気づかなかった。

「その男は、一体、何をやらかして、捕まったんだい？」

太平が訊いたが、誰も答えなかった。一言でも太平に返答したが最後、無駄話の相手にされてしまい、やがて太平の調子に巻き込まれて、スッポンのように放してくれなくなるからだ。そのため役目をしくじって、左遷された者もいる。

「この男……たしかに、見たんだがなあ」

と太平が首を傾げると、同心の一人がひょいと顔を向けた。

「え!? そりゃ本当かい?」

「ああ。まさか、殺しじゃあるめえ?」

「その、まさかだよ」

答えてから、同心はシマッタと思った。太平と口をきいたからだ。しかし、咎人の居所がわかるなら、と太平に詰め寄った。

「どこで見たのだ、この男を」

「うむ、よく見りゃ……これは、俺の叔父上に似てる。この口元とか、眉……」

やっぱり、そんなことだったかと、同心は悔しそうに耳を塞《ふさ》いだ。

(殺しか……)

殺しと聞いても、なぜか太平は、似顔絵の男の居場所を言えなかった。「おいら、何ひとつ悪いことしてねえ」と訴えた男の、切羽詰まった瞳に嘘はないと、感じていたからである。

太平は同心詰所を出ると、玄関に向かい、幾つかの詮議所に面した廊下を歩いて、市中取締諸色調掛りの詰所に急いだ。

同役の同心四人に、いつものように、元気よく声をかけたのはいいが、机の上に山となっている書類を見て、気が重くなった。

休みの二日の間に、町名主《まちなぬし》から届いた商品の物価を羅列したものである。特定の問屋が独占的に高い価格をつけていないか、というのを調べるためだ。

食料品、衣類、嗜好品《しこうひん》、薬品など、あらゆる物品の資料だが、南町の重要な調査は、魚と青物に関するものだった。

日がな一日、調べものをしながら、一日が暮れる。同役の者を相手に、ほら話をしていて、上役の与力に叱《しか》られることもあるが、しゃかりきになって働くたちではない太平には、案外居心地がよかった。

暮れの七ツ（午後四時）になると、さっさと帰ることができる。そのまま、千成に足を向け、日和《ひより》のいい夕暮れには、屋形船へ乗り込み、大川を下って海まで出て、波にゆられながら一杯やるのが楽しみだった。

三十俵二人扶持の安月給とはいえ、独り身の太平には、気儘な同心稼業であった。

だが……今日はすこし違っていた。

(あの男が何かやってたとすると……下手《へた》すりゃ助けた矢吉や清庵先生にも累《るい》が及ぶ)

そのことが気になって、書類の文字が目の前を素通りするのである。

与力に、捕物の子細を訊いても、「我らに関わりなきこと」と歯切れが悪い。ふつうなら、奉行所内に捕物の情報が回るが、今回は隠密裡《おんみつり》に探索するつもりなのか。

(この捕物は、どうも、しっくりこねえ)

太平は、例の男と関わっただけに、じっとしていられなかった。

「イタタタ……だめだ。我慢できねえ」

太平は下っ腹を押さえて、厠《かわや》に立つふりをして、そっと刀を取ると、そのまま門に向かった。丁度、捕物出役の水盃《みずさかずき》を終えて、与力と同心五人、捕方三十数人が出て行った後だった。

太平は清庵宅へ急いだ。

三

「知らねえ！　何もしちゃいねえ！」

太平の追及に、男は叫んだ。

清庵の診療所には、太平と清庵の他は誰もいない。

「なら、おまえはどこの誰兵衛《だれべえ》で、何をしてんのか、洗いざらい喋るんだな」

「……」

「そのうちここにも町方は来るだろう。怪我《けが》をしてるってことがばれたら、医者を虱潰《しらみつぶ》しに探すに違えねえからな」

男の傷の塩梅《あんばい》を見ていた清庵も、身の上話をするように勧めた。

「たしかに、この旦那は役に立たんかもしれんが、頼りになる知り合いは大勢いる。それに、旦那があんたを捕らえる気なら、とうに仲間の同心に話してると思うがな」

「役立たずは余計だよ……」と太平は、男の前で胡座《あぐら》をくんで、「俺が前に捕らえた男の悲惨な話をきかせてやろうか」

清庵は、隣室の薬棚の所へ行って、男のために痛み止めの薬の調合を始めた。

「あれは、五年も前になるか……俺が定町廻り同心をしてたとき、血糊《ちのり》のついた包丁を持って逃げてる男に出くわしたことがある。その男の人相は、奉行所が追っかけてる、毒蛇の万蔵《まんぞう》という盗人でな、こっちがびっくりしたくらいなんだ」

「……」

「なにせ、その盗人は、何人もの人間を容赦なく殺したという噂の男だ。俺にとっ捕まった万蔵は、何もしてねえと言い張った。だけどよ、百件余りの盗みを重ねた奴の言うことを誰が聞く？　俺だって、信じなかった。血のついた包丁を持ってたからな」

男はごくりと生つばを飲み込んで、静かに話す太平から、目を逸《そ》らした。

「そいつは、獄門の裁きを受けた。牢内で首をはねられて、千住《せんじゅ》の小塚原《こづかっぱら》で三日二夜、晒《さら》されたんだ。痛ましいもんだぜ……ところが、もっと痛ましいことがわかった。その男はな、たしかに盗みをしてたが、金目のもなァぜんぶ、お救い小屋に置き去ってたんだ。しかも、殺しなんぞしてなかった。そのことは、晒し首になった後で、なじみの芸者と一緒にいたことでわかったんだ」

「……」

男は頷くように、頭をうなだれた。

「何人も殺したって噂も、ただの噂。そいつあ、一人だって殺しちゃいねえ。奴が持っていた包丁は、にわとりを捌《さば》いてただけのものなんだ……そうと知らず、俺は奴を人殺しにしてしまった……悔やんでんだよ。同じ過《あやま》ちゃ二度としたくねえ。だからこそ、おまえにはよ……慎重に接したいんだ」

太平は、穏やかな声でそれだけ言うと、すまなかった、と両掌をあわせた。涙にむせぶように声を詰まらせた太平に、男はブルッと躰を震わせて言った。

「——旦那……話します。晒し首なんて、絶対いやだ」

「そうだろうとも。何があったんだ？」

仏のようになっている、太平の温かい目を見て、男は唐突に、

「国に帰って来て、初めてだ。旦那や先生のように、優しくしてくれたのは……」

「国……？　やはり出稼ぎか？」

男は自嘲ぎみに笑って、口を開いた。

「おいらの名は、重吉《じゆうきち》。安房勝山《あわかつやま》の漁師だったんですが、七年前、戻り鰹《がつお》の漁に出たとき、嵐にあって……」

と、重吉はぽつりぽつり話し始めた。

重吉が乗っていた漁船には、仲間の漁師六人が乗っていた。空は晴れていたが、うねりが強かった。横波を受けた弾みで、海に投げ出された藤吉《とうきち》という若者を助けるために、船を陸《おか》に戻すわけにはいかなくなった。

当時、三十五歳だった重吉は、十七、八歳の若い漁師を束ねていた。波間に見え隠れする仲間を見捨てるわけにはいかない。だが、どこかで見極めなくては、自分たちも大波に飲み込まれてしまう。

四半刻《しはんとき》（約三十分）ほど、仲間を助けようと頑張っているうちに、急に天候が悪くなり、周りが見えないほどの豪雨となった。雨は三日三晩、降り続け、雲間から日が射したときには、どこを見回しても、陸は見えなかった。

海に落ちた仲間を助けることができないまま、自分たちも、漂流するはめになった。

「死んでたまるか」

誰しもそう思った。

重吉は、その一月《ひとつき》前に、村一番の美しい娘と言われた、お糸《いと》と祝言《しゅうげん》を挙げたばかりだった。二親はすでにいない。生きて帰らねば、お糸が一人ぽっちになって可哀相だ。その思いだけが励みだった。

海の男は躰も心も堅牢《けんろう》だ。だが、飢えには勝てない。豪雨以来、雨に恵まれず、船底に溜まっていた水だけで、命を保った。

神仏は、重吉たちを見放さなかった。

漂流して、二月ほどで、陸に上がることができたのである。

カラフトあたりだろうか、やたら寒い所だった。針葉樹は生えていたが、地表は所々凍っており、生き物の匂いがしなかった。

だが、よくよく運がよかった。見たこともない、海の獣《けだもの》が陸に打ち上げられた。重吉たちは、それを捌いて飢えをしのいだ。寒さは幸いだった。海水を濾過《ろか》して作った塩に、肉を漬けて保存することができたからだ。

しかし、冬の寒さは、重吉たちの想像を越えており、凍死の恐怖を覚えた。悲鳴のような音と共に、流氷が現れたのだ。

火は絶やさなかった。土を掘り、木の枝葉を幾つも重ね、みなが躰を寄せあっても、身を突き刺す寒さには、かなわなかった。

「帰りてえよ……おっかあのとこに、帰りてえよ……」

そう言いながら、仲間が次々と死んでいった。遺品ひとつなく、この世に生きた証もないまま、仲間は消えた。

三年の間に――六人いた仲間が、とうとう二人になった。

「いつまでも、ここにいても仕方ない。どうせ死ぬなら、海で死のう。運よく、国へ流されるかもしんねえし……」

儚《はかな》い望みを抱いて、重吉と蓑七《みのしち》という船頭は、船を造り直して、流氷の消えた大海原に漕ぎ出した。

晴れた日は、星を頼りに、南へと漕ぎ進めた。食い物と水はたんまり積んだ。二月や三月、飢え死にする心配はなかった。

生きて帰りたい――。

そう願い続けられたのは、お糸に会いたい、という一念があったからである。絶望の淵《ふち》に立ったときには、

(きっと、お糸は待っててくれる。国に帰れば、またお糸のひじきの煮物が食える)

そう自分を励ました。

本当に運がよかった。

波間を漂っていた重吉たちは、化け物のようなオランダの鉄船に見つけられ

た。しかし、日本に行く船ではなく、オランダに戻る船だった。重吉は必死に、長崎でいいから戻してくれと懇願したが、通らなかった。

「それに、日本に戻っても、おまえたちは、殺される」

鎖国している日本は、一度外国に出た者は処刑されると、船長が教えてくれたのだ。

だが、鎖国の禁令を破ったわけではない。漁の途中に嵐にあっただけだ。重吉は、お咎《とが》めはないと信じていた。

オランダ船は、途中、タイに立ち寄った。

当時、タイの首都だったアユタヤには、その昔、山田長政が作ったという日本人町があった。重吉たちは、その町で、日本に帰る機会を窺《うかが》いながら、さらに三年余り待った。

アユタヤでの暮らしは、漂流の苦労を忘れるほど、豊かで楽しいものだった。

ただ、残念なことに、簑七は、長年の無理が祟《たた》ったのか、衰弱して死んでしまった。

暮れなずむ夕陽を眺めては、故郷が恋しくて涙を流す毎日が続いた。

再び、オランダ船が来るという報《しら》せを聞いて、重吉は同船させて貰い、長崎の港に着いたのである。

太平は目を輝かせて聞いていた。

「随分と面白い目をしたじゃねえか……あ、いや、ええ目にあったな」

「みんなが生きて帰れりゃ、一番よかった。でも、旦那。せっかく生きて帰って来たのに、殺される法はないでしょ？」

たしかに、外国帰りが罰せられる法はある。だが、異教徒になっていない限り、死刑にはならない。

「でも旦那。おいらは、公方様《くぼう》直々の裁きで、生きて国へ帰れねえことになったんだ。死ねというのと同じじゃないですか」

重吉が言っていることは、将軍が傍聴する上聴裁判《じょうちょうさいばん》のことだろうと、太平は思った。老中、若年寄をはじめ、三奉行ら二十人ほどが裁判官となって、最重要案件を扱う裁判だ。

天保年間は、西洋列国がアジアに押し寄せて来て、艦隊が日本近海にも出没しており、幕府は警戒していた。重要な外国問題を孕《はら》んでいると見た幕府の要人は、重吉を咎人として、漂流した外国の話をさせたのである。

その結果が、溜預けの刑。重吉は生涯、自由が奪われることに決まったのだった。明らかに、外国のことを洩らさないための口封じである。

「一目だけでいい。一目でいいから、お糸に会いたい……それさえかなえば、恐れながらと、戻るつもりです」

重吉はその思いで、受刑後、三月ほど猫を被っており、牢役人から、下番人足詰所まで使いに出された隙に、板塀を乗り越えて逃げたのだった。

じっくり話を聞いた太平はため息をついた。

「外国へ行ったのは、たまさかのこと。国に帰って来たら咎人になるって法はねえ」と、ぐすり鼻をすすって、「重吉、俺ぁ、おめえを助けてえ。長年、夢に見た故郷の土を、もう一度、踏ませてやろうじゃねえか」

「旦那……そりゃ、嘘でもありがたい」

「嘘だと！」

大声に重吉はのけぞった。

「俺は嘘は大嫌いなんだ」と太平は腕を組んで唸《うな》った。「それにしても……どこか大きな嘘がある。今の話が本当なら、おめえが人殺しの下手人ってなあ、どういうこった？」

「ほんとうに、おいらは……」

「わかってるよ。まあ、任せな。俺は頼りねえが、頼もしい仲間は、いっぺえいるんだ」

と清庵をちらり見た。清庵は、俺は知らないよ、とでも言うように薬草を練っていた。

四

太平の話を聞いて、船宿『千成』の女将は、船を出してくれることになった。

もっとも、奉行所から追われている男だとは言っていない。訳あって、数年ぶりに故郷に帰ると話しただけだ。事の子細を知っていれば、万が一、役人にばれたとき、女将たちに迷惑がかかるからだ。

その日の夜半過ぎ――。

屋形船は、江戸湾の沖を、安房勝山に向かって滑っていた。川船だから、横波に弱いが、幸い月夜、沖合の波も穏やかだった。ゆっくり漕いでも、夜明け前には勝山に着く。

太平と清庵が付き添い、月見酒の宴会に見せかけるため、大工の辰次ら常連や芸者の桃路も一緒である。

「太平……本当に、おまえって奴は……」

渋々ついて来た清庵は、呆れ果てていた。

「先生には迷惑をかけねえよ」

「かけてるじゃないか。こんなことなら、助けるんじゃ……ええい、ヤケ酒だ」

清庵は常連客と一緒になって、座を盛り上げた。桃路も、いつもより張り切って、三味線を弾き、舞を披露したが、重吉だけが浮かない顔だった。

逃亡しているからではない。

七年の月日は長い。その間、海難で亭主を失った女房が、待っているだろうか。まして、祝言を挙げて、わずか一月の新妻である。周りの者が放っておくわけはないし、親類の者も再婚を勧めるだろう。

他の男と一緒になって、子供をもうけ、別の人生を歩んでいてもおかしくない。もし、そうだとしても、重吉は妻のお糸を責めるつもりはない。

(それでもいい。幸せに暮らしているかどうか……それだけを見たい)

重吉がそう考えていることは、その虚《うつ》ろな目を見ただけで、太平にはわかった。

勝山は天然の良港で、近づくにつれて、浜辺のすぐ後ろに、断崖が聳えているように見えた。

東の空が白くなり、穏やかな波もきらめいている。今日も漁日和なのだろう。釣り船が群れとなって、沖へ向かっていた。村の女たちが、子供と一緒に、大きく手を振って、船を見送っている。

重吉の目尻から、つうと涙がこぼれた。

複雑な思いだった。懐かしい生まれ故郷に帰って来たという感激と、自分がいなくても、変わりなく漁船が出ていく光景が、奇妙に入り交じっていた。

船縁にいた重吉は、奥へ隠れた。

「どうした。七年前の船出を思い出したのかい?」

と太平が振り返ると、重吉が俯《うつむ》いた。

「やっぱり、帰って来るんじゃなかった」

「なぜだい?」

「お糸は、おいらのことなど忘れて、しっかり生きてるに違いない。そんな処へ、俺が現れたら、困るんじゃないか」

「そんなことはねえよ」

太平は勇気を出せと言ったが、重吉は脅えたように震え始め、小声で言った。

「旦那……ここまで来て、なんだが、村へ上がって、おいらの女房の様子を見て来てくれないだろうか」

「……で？」

「もし、人の女房になってたら、このまま江戸に戻る。そいで……もし、俺を待っててくれたら、一目だけでいい……」

重吉に長らく居座る気はない。女房が役人に追跡されるのを恐れているのだ。

「今生の別れのつもりなら、生まれ育った土を踏むだけだっていいんじゃねえのか」

重吉はしばらく黙っていたが、

「へえ、そうします」と小さく頷いた。

陸に上がった重吉の姿を見て、村人は、一瞬、幽霊でも出たのかと驚いた。かなり、やつれたが、人なつっこい面影は残っている。

「重吉……ほんとうに重吉かい？」「生きてたのか、重吉！」「よく帰って来たなあ！」

懐かしい村人たちに、もみくちゃにされながら、村長《むらおさ》の屋敷に連れて行かれて、七年ぶりの再会を果たした。

重吉は、身の上に起こったことを話して聞かせた。漂着先で死んだ若者たちの親兄弟たちは、たまらず号泣した。

しかし、重吉は落ち着かない。お糸の姿がないからである。

離れて座っている太平が、誰にともなく、

「重吉の女房は？」

と言うと、集まった村の人々は、悪いことを聞いたというように、俯いた。

「……」

誰もお糸のことを切り出さない。重吉に言えない何かがある。そんな空気だった。

もう一度太平が訊くと、村長が重吉のそばに寄って、肩を優しく抱きながら、

「重吉、あんな女のことは忘れてしまえ」

「……」

「言いにくいことだが……あの女は食わせもんだよ。おめえが戻って来ないとわかると、山向こうの大多喜《おおたき》村の惣庄屋《そうしょうや》の息子ン所へ、嫁に行っただよ。人別帳も改めてね」

重吉はうなだれて、拳で床を叩いた。

「村一番のべっぴんが聞いて呆れらあね。他のカミさんはみな、亭主が帰って来ると信じて、待ってたってのによぉ」

唇を噛みしめる重吉を、太平はじっと見守っていた。肩が震えるだけで、なかなか言葉が出てこなかった。首に下げられた重りを振り切るように、重吉は言った。

「そりゃ、よかった……」とつとめて明るく笑って、「で、お糸は、庄屋の息子と幸せにやってるのかい？」

「うんにゃ、バチあたりなことすっから、地獄に落ちたんだよ」

とっさに答えた老婆に、村長は、言うなと首を振った。村人たちの顔つきを見てとった重吉は、静かに言った。

「いいんだよ、村長。七年もいなかったんだしよ、何があっても驚かないよ」

「強がり言うのは、昔のまんまだ」

村長は、やりきれなさそうに微笑むと、老婆の代わりに口を開いた。

「惣庄屋の息子ンとこにいたのは、ほんの一月ほどさね。折り合いが悪かったらしい。村の男たちの噂話じゃ……下総《しもうさ》の船橋《ふなばし》で、女郎になってるってことだ」

「女郎に……！」

重吉は衝撃を隠せない。煮え湯を飲んだように、胸に痛みが広がった。

「江戸に鰹を卸しに行った若い衆で、お糸を見かけたちゅうのは、一人や二人じゃないからな……重吉、おめえが可哀相だよ」

太平は気が重くなった。女房が他の男のもとに行った挙げ句、遊女に身を持ち崩しているとは知らず、無理に重吉を陸に上げた。これでは、何も知らず、江戸へ戻った方が幸せではなかったか。

（――すまん、重吉）

太平は、心の中で謝った。

湿った空気が、どんよりと沈んでいた。

だが、重吉は懸命に陽気にふるまい、

「いいんだ。おいら、みんなに会えただけで嬉《うれ》しい。この村を、生きて見ることができただけで幸せだ」

重吉は、丸一日、村人の歓待を受けた。昼過ぎて、三三五五戻って来た漁師たちも交じって、飲めや歌えやの大騒ぎになった。

親の墓参りをして、屋形船に乗ったのは、すっかり夜が更けてからだった。

「このまま村にいろよ、重吉」

「そうだとも、みんなでおまえのことを庇うからよ」

昔馴染みたちは、口々にそう言った。本気で匿《かくま》うつもりだ。重吉は、何度も涙をぬぐって、ありがとうと頭を下げた。

先に太平が船に乗り込んだとき、すぐ近くの漁船の陰から、突然一人の侍が、浜辺で別れを惜しんでいる重吉の背後に飛び出した。まったく不意のことで、太平は「あっ」と驚いたが、男は気合を発しており、抜刀した刀身が提灯《ちようちん》にぎらっと光った。

（――こいつッ！）

太平は飛び跳ねて、男の腰を蹴り上げるなり、刀を抜いて、波打ち際に追いやった。

「あぶない、旦那あ！」

桃路の声が屋形船の舳先《へさき》から起こった。太平の背中に、いま一人の浪人が現れた。すばやく跳びすさって、重吉を庇って立つ太平に、

「こ、こいつらだ……俺を斬ったのは！」

重吉が叫んだ。

太平が頷いて、正眼に構えた。

「——言っとくがな、俺の母方の先祖は、塚原卜伝《つかはらぼくでん》なんだ。悪いけど、強いよ。直新陰流《じきしんかげ》免許目録、小野派一刀流指南免状、天心流印可免許、北辰一刀《ほくしんいっとう》流大目録皆伝……」

「ほざけッ！」

浪人二人は、太平を同心と承知で、斬りかかってくる。右足を引いて躰を沈めた太平は、横に飛んだ。のめる相手の刀を叩き落とし、腹を突いた。返す刀で、もう一人の浪人に体当たりをするように、斬り込んだ。

刃と刃がぶつかる音が鳴った次の瞬間、太平が掬《すく》い上げるように振り上げると、相手の刀は鞭《むち》に巻き取られるように、空を舞って海に落ちた。

太平は切っ先を相手の喉元にあてがい、

「だから言っただろ。さ、重吉を狙うわけを聞こうか。それとも、首と胴をばらすかい？」

「む、無念……！」

浪人はカッと目を見開いて脇差《わきざし》を抜くと、素早く腹を切り、もんどりうって果てた。

村人たちは目をそむけた。

「只の浪人者じゃねえな。――口を割れんほどの、後ろがいるってことか」

太平は刀を鞘《さや》におさめながら、倒れている浪人二人を茫然と見ていた……。

五

船橋の遊郭は、成田山参拝の精進《しょうじん》落としで開けた場所で、かつて潮干狩で賑わった浜辺の情景は薄れ、隠微な匂いが漂っていた。

太平が、花岡楼《はなおかろう》を訪ねたのは、安房勝山から江戸に戻ったその日のことだった。

まだ店を開ける前で、水も打っていない。玄関先で、牛太郎《ぎゅうたろう》と呼ばれる小柄な下男が、暇そうに煙管《きせる》を吹かしていた。

太平は、ふろしきから出した長十手で肩を叩きながら、牛太郎の前に立った。

「お糸を出しな」

出し抜けに言う太平を見上げて、

「こりゃ旦那、見回り御苦労でやす」

顔見知りではないが、牛太郎は同心姿を見て、卑屈な目をしてみせた。

「おめえンとこに、お糸って女がいるだろ。藤乃《ふじの》と名乗っているらしいが」

「へえ……ですが、江戸の旦那が何用で？」

「その女に、妙な病《やまい》を移されて死んだ奴がいるんだ。ちょいと調べるから、主《あるじ》に言って来な」

牛太郎は驚いた顔で、主を呼びに飛んだ。

鬢《びん》が真っ白い主に呼ばれて、奥座敷に入ると、お糸らしき女も隣の部屋に控えていた。

「おめえさんが、お糸さんかい？」

お糸は小さく頷いたが、怪訝《けげん》な目で、太平を見やっていた。化粧やつれをしているが、目鼻だちのはっきりした、女郎崩れしていない女だった。

「あたしは……病気持ちではありません」

お糸は消え入る声で言った。

「それは、こっちが調べることだ」

「旦那。変な噂を流さないで下さいよ。店の評判がガタ落ちになりますからね」

と、主が二分《にぶ》ばかり花紙に包んで、太平の膝の前に差し出した。遊女の悪評を流すと脅して、袖の下を取る役人がいるが、太平もその類《たぐい》だと思われたらしい。

「そんなんじゃねえよ」と長十手の先で二分銀を弾いて、「危ない病の女に客を取らせたらどうなるか、知ってんだろ？　店をたたむどころか、三尺高い所行きだ。エ！」

「そんな女は、うちには一人もおりません。なんなら旦那、お試しになりますか？」

落ち着き払った声である。老練な妓楼主《ぎろうしゅ》の貫禄だ。太平もそんな男は扱い馴れていた。

「なめるなよ、女郎屋。今ここで、おまえの首を撥《は》ねたっていいんだぜ」

ただでさえ、顔がいかついのだ。低く落とした太平の声には迫力がある。

「お、おふざけは、おやめ下さいまし」

妙に丁寧になったが、しつこくすると、代官役人を呼ぶと言った。ここは八州廻りの管轄だ。江戸の同心をなめているのだ。

「俺が何者かわかってないようだな。若年寄様直々に探索を頼まれてるもんだ。どうでも、病持ちの女を見世《みせ》に出すというなら、仕方あるめえ、御公儀直々の手入れをするしかねえ。そうなりゃ、おまえの見世だけじゃねえ。この色街が消えることになるんだぜ」

「ま、待って下さいよ。藤乃に病を移された者が本当にいるのですか？」

「くどいぜ」

太平は、清庵が墨書した偽の見立て書を見せた。「御殿医の認《したた》めたものだ。この病気にかかった男を連れて来ようか？」

若年寄や御殿医の名が出されて、主はろくに見もせず、お糸を手放すと決めた。どうせ元は取れているし、少々古くなった女だ。騒ぎが大きくなることを恐れたのである。

お糸を先に店から出し、太平は、主の耳元にささやいた。

「長年、ここで働かせたんだ。あいつの香典を出してやったらどうだい。どうせ、死病なんだ。供養になるぜ」

主は、やはり口止め料を要求されたと思ったのであろう。小判を三枚、番頭に持って来させせた。太平はそれを懐《ふところ》に入れると、来たときのように長十手を肩に置いて、表に出た。

「塩を撒《ま》いときな！」

主の声が聞こえたが、太平はにんまり笑って、不安げに見つめるお糸にささやいた。

「案ずるな。おめえは、病気でもなんでもありゃしないよ」

「え……？」

「実はな、おめえに会わせたい奴がいて、知り合いの船宿に待たせてあんだ」

船宿『千成』は店を閉めたままだった。

暮れ六ツ（午後六時）の鐘が鳴り終わったとき、重吉の前に、お糸を連れた太平が戻って来た。

七年ぶりに日本に帰って来た重吉の話は、道すがら、太平が聞かせていた。

お糸は、重吉の姿を見るなり、わっと両手で顔を隠して泣いた。指先も唇も小刻みに震えて、とめどもなく涙が流れた。

「よくぞ生きて帰って下さった……」

重吉は、お糸が来るとは思っていない。虚を突かれて、驚きのあまり声すらかけることができなかった。だが、やっと口から出た言葉は意外にも、

「この売女《ばいた》！　おいら、生き恥を晒しに帰って来たようなもんだッ。嫁に行っただけならまだしも……！」

お糸は、何も言わず、泣き崩れるだけだった。太平は、お糸を座敷から連れ出せと、矢吉に目くばせした。

二人きりになって、太平は切り出した。

「よく聞けよ、重吉……。お糸が、なぜ女郎になったかだがな」

「今更、いいですよ。旦那はなんで、こんなお節介なことばかり……」

「いいから聞け。——お糸はな、おめえのことを、一時《いっとき》も忘れたことはなかったんだぜ」

「もう沢山だ」

太平は語気を強めた。

「お糸がどんな気持ちで、生きて来たと思ってんだッ。そりゃ、おまえは、てえへんだったろう。だが、生きて帰るっていう希望があった。だがな、お糸は違う。——おまえが、いなけりゃ、もう死んだも同然。何の望みもなく、生きてたんだ」

「嘘だ……」

「庄屋の息子の世話になったのは、おまえが、十年前に新しく造った船の借金の肩代わりをしてくれたからだ。嫁というよりゃ、女中扱いだったんだよ」

「!? 船の借金なんぞ、ほとんどなかった」

「──騙《だま》されたんだよ」

「……」

「ひでえ息子でな、てめえの博打三昧《ばくちざんまい》のために、女衒《ぜげん》に売り飛ばしたんだよ。それで女郎屋ってわけさ。──お糸は、こう言ってたぜ。もし、ほんとに重吉っつぁんが生きて帰ってくれたら、おめえが大好きだった、ひじきの煮物を毎日作るって。毎日な」

「……」

「──お糸には何も訊くな。おめえの苦労話だけをしてやれ。お糸に話を訊くのは、酷ってもんだ。な、言葉はいらねえ、優しくしてやるんだ。そうすりゃ、七年前の仲のいい夫婦に戻れる。これからも、ずっとな」

「ずっと……？」

太平は、妓楼主から巻き上げた金を、差し出した。

「三両ある。当座の暮らしに役立つだろう。なに、これは清庵先生からの見舞金だ。さ、二人で、故郷《くに》へ帰ェるがいい。それが嫌なら、どこだっていい。いつまでも、二人で暮らしていくがいいぜ」

「だって、おいらの刑は……」

「さ、行った行った。後は俺に任せな」

両腕に顔をうずめ、重吉は幾たびも頭を下げていた。

重吉とお糸を乗せた猪牙舟《ちょき》は、大川を下っていく。はるか遠くに、筑波山《つくばさん》を眺め、背中には富士山を見ながら、故郷をめざした。

堤に立って見送る太平に、女将のおつたがそっと近づいて来た。

「幸せだよ、亭主が帰って来たんだもの……。でも旦那、知りませんよ。後で、お糸さんが本当の話をしたら、どうなるか……」

「なんでえ、立ち聞きなんて、女将らしくねえじゃないか」

「旦那の声が大きいのよ。ねえ、あの二人、どうにかなったら、旦那のせいですよ」

「そんときは、また俺がなんとかすらあ……それより女将、団子の話だがな、重吉の話じゃ、やっぱり地面はまるいらしいぜ……」

翌日、重吉の探索は中止となった。

ある老中屋敷の門前で、二人の浪人が白装束《しょうぞく》で切腹していた。その傍らに、

『安房勝山にて、重吉を追い詰めて殺し候。お役目は果たし申したが、誤って遺体を断崖から落とし候。潮に流されて見つからぬ故、その不始末、死んでお詫びつかまつる』

と書いた遺書があった。

この二人は隠密だったのか、重吉とは何者なのかなどと巷《ちまた》を騒がせたが、それをまた、公儀が揉み消したことは語るまでもない。

（了）

鬼火《ものび》の舞《まい》

一

透《す》き通った小鼓の響きに、薪《たきぎ》がはぜる音が重なる。そのたびに薪能《のう》の炎が怪しく揺れ、白装束の鬼面が憑《ひょう》依《い》したように跳ね上がる。まるで命を司《つかさど》る神の意志が、能楽師の五体に舞い降りたかの如《ごと》く、静かだが力強く檜《ひのき》舞台を漂う。

江戸城本丸では、天明《てんめい》六年（一七八六）の八朔《はっさく》の儀式が執《と》り行われ、親藩、諸大名、旗本御家人の将軍家治《いえはる》公への挨拶《あいさつ》が終わり、式典最後の行事、観能会が催されていた。

八朔御礼とは、徳川家康が江戸打入りをした日を祝ったもので、将軍も大名も白帷子《かたびら》に長袴《ながばかま》の白ずくめで参列していた。

例年どおり、喜多《きた》流、宝生《ほうしょう》流、金剛《こんごう》流、金春《こんぱる》流、観世《かんぜ》流がそれぞれ御家芸を披露した後、それら五家とは別格の白川《しらかわ》流がトリを取って、鬼火《ものび》の舞《まい》を演ずるのであった。

その舞は、かげのわずらい——すなわち、魂と肉体が遊離した様を表し、現世と異界の交わる特殊な影の世界を描くものであった。

──人の恨みの深くして、浮き音に泣かせたまうとも、生きてこの世にましませば、水暗き沢辺の螢《ほたる》の陰より光る……。

同じ文言の謡曲『葵上《あおいのうえ》』ならば般若《はんにゃ》の女御《にょうご》で舞うところを、清澄《きよすみ》の面はわずかに赤みの帯びた鬼面で、裂けたような口からはみ出た牙が怖さを増していた。

「実に見事じゃ……」

正面席に陣取った老中兼側用人の田沼主殿頭意次《たぬまとのものかみおきつぐ》は、浮世の憂さを忘れたかのように、しずしずと舞う能楽師を、その細い目を虚《うつ》ろにして眺めていた。

鬼面白装束の能楽師は、白川流本家嫡男《ちゃくなん》、清澄である。まだ二十三の若さであるが、優男《やさおとこ》風の甘い顔には似合わず、肉体は剣豪を彷彿《ほうふつ》させるほど鍛えぬかれた鋼《はがね》だった。

（浮世の憂《う》さか……その憂さを作っているのは、おまえではないか）

鬼面の下の清澄は、田沼意次の考えが脳裏に伝わって来て、一瞬だけ反吐《へど》が出る思いがよぎった。芸を行っている最中に、余計な妄念が浮かぶと、技能に乱れが出る。

（しまった……！）

清澄の躰《からだ》に、しとやかな緊張が走ったが、跳ねた時にふくらはぎの筋がわずかに震えただけで、舞は完璧だった。清澄の想念が揺れたのを見抜いたのは、数十人居並ぶ幕閣や旗本の中には誰一人いないであろう。清澄の能楽に眠くなっているだけに違いない。

退屈だからではない。幕閣の意識を混沌とさせ、心を夕凪《ゆうなぎ》のように平穏に保ち、意欲も闘争のかけらも失わせるための舞だからである。意欲を削ぎ取る鬼火の舞こそが、白川流の一子相伝の奥義であり、幽玄美とは隔絶した、殺しの舞とも言えた。

殺し――。

清澄はまさしく、この大勢の幕閣と旗本の前で、田沼意次を殺そうとしていた。清澄の舞を美しいと見とれている田沼が死ぬのは、清澄が舞い終わって、最後に檜舞台を力一杯、ドンと踏みならした時である。

熟睡している時に、耳元で大声を上げられると、突如心拍の数が増えて、動悸《どうき》が激しくなる。誰でも経験のあることだ。

理屈はそれと同じことだ。田沼の心の臓は、一瞬のうちに破裂して、血を吐いて倒れるに違いない。同時に、夢想状態の幕閣たちもハッと我に返る。その時には既に、田沼は座席に倒れ伏しているのだ。何が起こったか分からず、誰もみな慌てふためくであろう。

――田沼意次をこの世の中から抹消せよ。

清澄が大師から命じられたのは、昨日の夕餉《ゆうげ》時であった。

大師とは、白川流独自の呼び名で、祖父のことである。父親は小師、息子のことは、弟……ていと呼び、孫のことを小弟《しょうてい》と言った。

「田沼意次……をですか」

清澄は丁寧に、大師の雅泉《がせん》に訊《き》き返した。

「さよう。あやつは少々のさばり過ぎた。このあたりで消えて貰わぬと、徳川幕府はもとより、世の中の秩序が乱れてしまう」

「私にはそうは思えませぬが」

「おまえが思おうが思うまいが、わしの言うとおりにすればよいのじゃ」

大師の言葉は絶対であった。それは、この世の中を支配する神の意志であると、清澄は叩き込まれていた。

伝統と格式のある白川流能楽の家系――これは世を欺《あざむ》く仮の姿。実は鬼火一族の血脈が縷々《るる》と繋がっているのである。

鬼火一族は、天照大神《あまてらすおおみかみ》の巫女《みこ》を祖とする闇の権力者である。

時の為政者に能楽の師範として仕えているが、その実は護衛官を兼ねていた。能楽の舞じたいが、柔術、剣術、棒術など古代武術の技であり、並ならぬ肉体の鍛錬をしなければ、到達できる技術ではなかった。

護衛官もまた表向きの職務であり、為政者を後ろで操る傀儡師《くぐつし》に他ならない。蘇我《そが》氏、藤原氏、平氏、源氏、足利氏……日《ひ》の本《もと》の国が開闢《かいびやく》して以来、すべての権力者を支援してきたのは、鬼火一族なのである。

そのためには暗殺もする。古くは蘇我入鹿《そがのいるか》、新しくは織田信長……現将軍家治の祖父吉宗《よしむね》がその地位に着いたのも、すべて鬼火一族の意思があってのことだ。

権力者がいれば、権力に反抗する者たちがいる。つまりはまつろわぬ者たちがいる。その無数のまつろわぬ者たちと、権力者の天秤の軸になっているのが、鬼火一族である。

清澄とて、己がそのような一族の血流などとは信じられなかった。初めてその事実を知らされたのは、十五の年。そして、初めて殺しを命じられたのが、十七だった。

その時、標的になったのは、田沼意次の政敵、老中本多《ほんだ》越中守《えつちゆうのかみ》であった。

大師は田沼意次の失脚を狙う幕閣一党の頭目だった本多越中守を、この世から抹殺したかったのだ。

八代吉宗公の知性を受け継いだ孫の家治は、頭脳は明晰《めいせき》だったが、優柔不断な性質であった。ために本多が、家治を巧みに意次嫌いにさせようと目論んだのだった。

「本多を消せ。田沼の化けの皮が剝《は》がれる」

田沼はすでに賄賂《わいろ》政治を行っていた。諸大名、諸国からの付け届けだけで、十五万石の大名並の収益であった。幕閣中枢であることで、誰もが手に出来ぬ富を得ることができるのだ。その富が、田沼意次を突き動かした。

世の中には二通りの人間がいる。富を得るともはや働かなくなるもの、そして富を得るとますます野望を燃やすもの。

田沼は明らかに後者であった。出生はわずか六百石の御小姓である。意次は父親をはるか凌《しの》ぐ、押しも押されぬ権力者になってしまったのである。

そこまでなったのは偶然ではない。鬼火一族の見えぬ力によって、担ぎ上げられた一面もある。意次という人間の知性と活力が、力以上のものへ変貌していったのである。

彼は人一倍学問をし、我が血肉としていった。国学、漢学、本草学、天文学、地理学、蘭学、朱子学……それらを学んで分かったことは、天が動かす自然の理と人間社会の理とは、全く関わりがないという結論だった。

「人の世が、他の生きとし生けるものと、絶対的に違うところとは——金である」

意次はそう悟った。金が世の中を活かしも殺しもする。金が世の中の血ならば、血の流れをよくしなければ、躰は腐ってしまう。

人の世は金だと思うように至ったのは、たしかに意次自身である。しかし、そう思わせる「鬼《もの》」がいたのは、本人も気づいてはいない。

世の中には、意次のような人物の出現が必要だったわけで、鬼火一族によって、彼を表舞台に立たせただけである。

表の世界が景気がよいときには、闇の世界もまた景気がよいものである。しかし、景気が過ぎると、世人《せじん》は怠惰になる。射幸心のみが生き甲斐となる。となれば、闇の世界で生きるものの領域に踏み込んで来る者もいる。この世の中が成り立つためには、昼と夜があるように、光と闇が必要なのである。

鬼火一族は、まさに闇の将軍であった。

清澄が十七歳で田沼の宿敵を、鬼火の舞で殺した時、大師は笑みも浮かべず言った。

「――どうだ？　おまえの意思で、世の中を変えた気持ちは」

冷ややかな声だった。幼い頃から清澄は、大師からも小師からも、温かな声を聞いたことがない。舞の稽古で完璧なまでの仕上がりでも、「まあまあだ」の一言で終わりである。

母親や乳母《めのと》などが時折、夕餉《ゆうげ》を取りながら、褒《ほ》めてくれることがあったが、人としての優しさを感じなかった。いや、人として……と言うには語弊がある。清澄にとって、人とはすなわち鬼。生まれながらにして、巷《ちまた》に生きる人々の感性とは異質なものだった。

田沼意次暗殺を命じられた席で、大師に言われたことを、舞いながら思い出した。

「いいか清澄……人は、生まれもった本能が、食の欲と性の欲の他に一つだけある。何か分かるか？」

「富を得たい欲、いえ名誉の欲でしょうか」

「鬼火一族に名誉があるか？」

「では富ですか？」

「鬼火一族には無尽蔵の富がある。日の本の国にある金銀財宝はすべて鬼火一族によって、まかなわれておるであろう？」

たしかに、幕府や藩や豪商によって営まれているが、金山を発見する技術、掘《くっ》削《さく》する技術、錬金する技術……すべては、鬼火一族が支配する、まつろわぬ者たちの手にある。それはただの技術ではない。すべてが鬼火一族の富となっている。

「――では、どのような欲が？」

清澄が問いかけると、大師はいつもの鉄面皮《てつめんぴ》で答えた。

「同情よ」

「……同情？」

「さよう。同情する心、それが人の本能なのだ。獣にはない、人だけにある本能じゃ」

「しかし。犬猫でも、子供を可愛がりますが？」

「母性とは違う」

大師はかすかに班女《はんじょ》の面のように微笑んで、「そのようなものは、虫けらにでもある。同情は、赤の他人にでも情けをかける……という本能だ」

「はい……」

「この同情という難儀なものが、世の中を駄目にすることがある。そしてまた、その同情というものを突き崩す極めつけの名刀がないのも、また人の世の真実だ」

（大師は清澄に何を諭《さと》したかったのか……）

鬼火の舞は最後の盛り上がり場に到達していた。

（田沼意次に情をかけて、仕留め損ねるな、とでも言いたかったのであろうか）

清澄は精神を集中して、躰と四本の手足を回し、竜巻のような舞いを極めていった。まるで、清澄の演ずる鬼が二体、三体に見える。

小鼓、大鼓、太鼓の連打が激しくなり、笛の音か北風の音か分別ができなくなった。最後の最後、清澄が五尺近く跳ね上がり、檜の板に全身の重みをかけて落ちた時、田沼意次の鼓動が止まるのだ。

（今だッ！）

屈脚して跳ね上がろうとした寸前である。

鳴子《なるこ》のついた廊下の木戸を開けて、脇正面の方から、裃《かみしも》姿の目付が二人、滑るように田沼の前に駆け付けて来た。

「田沼様！　一大事でござる！　田沼様！」

すでに宙に舞っていた清澄だが、その直前になって、田沼意次が昏睡《こんすい》から半ば覚めた。一瞬の後、清澄の跳躍がダダンと終わった時には、田沼意次の意識は二人の目付に流れており、「心の臓破裂の秘技」は泡と消えてしまった。

二

「何事じゃ、めでたい舞の席に騒々しい」

田沼意次は目付に鷲鼻《わしばな》を向けて、眉をひそめた。六十八の老人には見えぬほど、脂ぎった顔である。

「それが……！」

目付は耳打ちをして、観能の場から素早く退散した。明らかに緊急事態である。しかし、それが何か、同席していた老中若年寄連中も予想だにできなかった。

清澄にとっては、まさに水を差されたわけで、緊張の糸がたわわになり、骨の髄まで疲労感が広がっていた。面を取り、怨《うら》めしげに田沼を一瞥《いちべつ》したが、正座をして舞台に座った。

「ご一統に申し上げる。八朔のめでたい席ながら、火急の用向きができましたので、これにて失礼致しまする」

主だった幕閣は尋常ではないと感づいたが、まだ清澄の舞楽の余韻にひたっている諸大名や留守居家老たちは、穏やかな顔で田沼を見ている。田沼はおっとりとした口調で、

「諸大名方々は別室にて、ご慰労をいたしますれば、しばし下城《げじょう》をお控え下さいませ」

さすがにざわついた。観能の儀式が終われば、退散するのが恒例のことだった。大名によっては次の用向きを控えている者もいる。

しかし、ここで「何故だ」と問いかける者は誰一人いなかった。将軍家祝賀の席だからではない。それほど、田沼意次という大人物に、誰もが一目も二目も置いていたからである。尊敬ではない。むしろ畏《おそ》れていた。

田沼は席を立つと、清澄をほんの一閃《いっせん》だけギラッと睨みつけると、顎を突き上

げるようにして立ち去った。楽屋に退散せよという合図である。

観能の舞台は、江戸本丸御殿の多聞櫓《たもんやぐら》のそばにあり、楽屋が将軍側衆《そばしゅう》や主要幕閣の密談に使われることもあった。

（一体、何があったのだ……）

清澄は不安に駆《か》られた。

（もしや、暗殺の意図がばれたのでは！　……いや、鬼火の舞は、丑《うし》の刻参りと同じような呪術とも言える。ばれるわけが……）

能舞台裏の楽屋の外は厚い壁になっており、御成《おなり》廊下近く中奥との境にある御用部屋よりも、田沼が重要な話をする時に好んで使う場所であった。密談場所は、反対勢力の者に急襲される時がある。万が一の場合は隣接する櫓と櫓を繋ぐ多聞（通路）から、逃げることができるようになっていた。

「清澄殿……」

少し甲高く張りのある声で、田沼は清澄と向かい合った。人払いをして他に誰もいない。八朔御礼にあわせて、楽屋の床も張り替えたために、檜の新しい香りが漂っている。

「清澄殿、偉い事になりましたぞ」

誰もに横柄《おうへい》な態度を見せる田沼だが、将軍家能楽並びに舞踊指南の白川流本家の者には、丁寧な言葉遣いをしていた。

「一体、何があったのです……？」

ついさっきまで殺そうとした相手が目の前にいるのだ。動揺を隠すことは並大抵のことではなかったが、清澄もすでに数人の邪魔者を消しているという自信があるのか、瞳はまったく揺らいでいない。その瞳に田沼は言った。

「上様が、人質に取られた」

「人質？　まさか……」

清澄には俄《にわか》に信じることができなかった。

将軍家治公は能楽は一切鑑賞しない。来客へのもてなしだからである。諸大名や奉行への謁見《えっけん》が終わると、中奥の御休息之間で儀式の疲れを癒すことになっていた。

中奥には、老中若年寄たちとの面談をする御座之間を中心に、奥右筆《おくゆうひつ》詰所や側衆詰所がある。表向きとは別の能舞台もあって、湯殿からじかに行くこともできる、まったく一人で楽しむ空間だった。

清澄はこの日の最後は、その舞台で、将軍が望む舞を行うはずであった。

賊《ぞく》は、大奥の御用部屋に上様を連れ込んだままで、顔すら見せないという。

将軍の御用部屋は、その昔は御座之間上段に隣接していたが、物騒な事件が続いて、大奥に移った。中奥には『楓《かえで》ノ間』と呼ばれている執務室があるが、大奥には『鶯《うぐいす》ノ間』という寝所があり、四畳半の隠し部屋が繋がってあった。重要な機密文書を入れた御用箪笥《たんす》の他は何もなく、小姓頭すら通されていない場所であり、田沼といえども入れなかった。

もちろん、清澄も入ったことはない。

「そんな所へ、誰がどうやって……で、要求は何なのです？」

と清澄が尋ねると、田沼はずばり言った。

「御用蔵の千両箱、全て。らしい」

「これはおかしな事。御用蔵は盗みを警戒して、重い二千両箱となっております。全てなどと……第一、運び出せるわけが」

「いや。上様を人質に取られておるのだ。登城しておる大名籠《かご》に入れて持ち出せば、難しいことではあるまい」

それで、賊は祝賀の日を選んだのか……清澄はそう思ったが釈然とできない疑念が、津波のように襲ってきた。

そもそも、そのような重要な事態を、幕閣の重職に諮《はか》らず、なぜ清澄に相談するかだ。将軍の護衛官とはいえ、清澄がそのような大事件を解決できるとでも思っているのか。

——将軍が万一の場合は、誰かが継げばよい。

それが鬼火一族の考えであり、将軍とはそういうものだ。徳川が続けばそれでよい。現将軍の生き死には、戦国の世ならともかく、太平の世では意味のないことであった。

とはいえ、己が守るべき将軍を賊ごときに殺されたとあっては、鬼火一族からどのような責めを受けるやもしれぬ。しかも、家治には嫡子《ちやくし》がいない。今死なれては継嗣《けいし》問題で混乱するのは必至である。

清澄に緊張の糸が蘇《よみがえ》った。

——消せ。殺してしまえ。

大師の嗄《しわが》れ声が一瞬だけ浮かんで消えた。

殺そうと思えばすぐにでも殺せる。清澄の金彩舞扇の骨には、畳針が仕込まれている。手を伸ばせば、田沼の喉元だ。しかし清澄には、鬼火の舞でし損じた落とし前を、凶器に委《ゆだ》ねる気はなかった。凶器を使えば、いずれ白日のもとに、死因が晒《さら》される。

田沼殺しは暗殺であってはならぬ。自害や事故などの不審死でも困る。心の臓の発作が最もよい。それが寿命として葬ることができるからだ。

（それに……将軍人質が事実ならば、事態は急を要する。田沼をおいて他に、危難を脱することができる幕閣がいようか）

そう思うと、直ちに消せなかった。将軍の身の安全を確保してからでもよいのだ。

「田沼様。即刻、幕閣を集めて話すべきことではありませぬか？」

将軍が身動きできない今、名実ともに最高権力者である。腑抜《ふぬ》けな幕閣に考えを聞くだけ、時の無駄だとでも言うのだろうか。

「むろん、幕閣に諮る。しかし、その前に、賊に対して何か手を打っておかねばならぬのだ。時を稼ぐためにな」

「賊はどう言ってるのです？」

「四半刻《しはんとき》（約三十分）の後までに、蓮池の御金蔵の鍵を、開けておけというのが要求なのだ」

江戸城内には、奥御金蔵と蓮池御金蔵と二つあった。日用の出納《すいとう》に使われるのは蓮池の方で、二百万両近く保管されていた。

「蔵の鍵を開けたとして、一体、賊の誰が、それを確かめるのでしょう。大奥からは見えませぬが」

「仲間がいる、ということだ。しかも、この城の中にな。大奥まで踏み込んだのだ。ただ者ではあるまい」

「今日の八朔御礼の日は、大名や旗本だけではなく、公儀御用達商人たち町人も城内に入り、吹上御庭を回遊できることになっています。まさか、その連中に混じって……」

「いや。少なくとも、中奥まで来ることのできる者だからこそ、大奥の御用部屋に乗り込めたのだ。つまりは……」

田沼は言いかけて口を閉じたが、明らかに、祝賀に駆けつけて来た大名か幕閣の中に、首謀者がいると睨んでいた。だからこそ、幕閣に話を漏らしたくないのかもしれない。

「田沼様は如何《いかが》なさりたいのですか？」

「……」

「御用の間に籠城しているということは、上様を捕らえている賊は多くとも数人。御錠口から大番方の強者《ごうのもの》どもを乗り込ませれば、一挙に片が付きます」

「上様の命が落ちてもよいのであればな」

「よくないのですか？」

「当たり前であろう」

田沼は憤然と鼻先を膨らませた。

「これは田沼様の言葉とも思えませぬ。自分のお子様を殺された時ですら、平然といつもどおり業務をなされた。それほどの氷の心の持ち主だと言われたのに」

田沼意次の嫡男意知《おきとも》は、一昨年、天明四年（一七八四）三月、旗本の佐野政言《さのまさこと》によって、城内の桔梗《ききょう》の間近くで突然斬られた。失血がひどく、手厚く介護されたが、その傷がもとで意知は死んだ。

当時、意知は若年寄の職にあった。佐野は切腹を命じられたが、世間では世直し大明神ともてはやされた。いかに、田沼親子の権勢が嫌われていたことか。それでも意次は、我関せずと賄賂政治を続けていた。在職中に百万両も貯め込んだと言われるほどだ。だが、

「私腹しているわけではない。この金で、御三家や大奥をはじめ、諸藩や旗本、御家人がいかに潤ったか、誰も分かっておらぬ」

というのが、意次の口癖だった。八代将軍の孫、一橋治済《ひとつばしはるさだ》ですら、意次から贈答ばかり受けていたという。賄賂もまた必要なのだということを、清澄は知らしめられていた。命よりも金が大事と公言した意次が、将軍の身を案じることが、清澄には意外だったのである。

もっとも、意次は家治の父、家重《いえしげ》の西丸小姓から勤めあげ、家治に重用されて、今の地位にある。その恩義なのか、それとも心からの同情か。もちろん将軍を死なせてしまっては、田沼にとっても汚名であり、政治生命は終わるであろう。

「なんとしても極秘に、しかも、素早く事を収めたいのだ」

田沼は神経質そうなその顔に手をあてて、

「上様は政事《まつりごと》にはまったく見向きもせず、碁や将棋、謡《うたい》や舞にうつつを抜かしておる。もちろん、吉宗公のお孫であらせられるゆえ、学識豊かで英明であることは間違いないのだが、覇気がない……世継ぎもおらぬでは、この先の徳川が思いやられる」

「――私にどうしろと？」

「おぬしは上様に最も信頼されている。このわしよりもな」

将軍とて、清澄の正体を知らない。いつ牙を剝《む》く鬼火一族の者だということを。

「清澄殿。おぬしなら、大奥と中奥を熟知しているはず。そして……能楽師ではなく、将軍護衛として、上様を無傷とは言わぬ、賊から救い出してくれぬか」

たしかに清澄は城内の構造を熟知していた。そもそも家康の江戸入府後、三代にわたって江戸城を普請《ふしん》した大棟梁の甲良《こうら》、丙内《へいのうち》家は鬼火一族だし、縄張り（設計）をした藤堂高虎《とうどうたかとら》もまた一族とつながっていた。

慶長《けいちょう》年間に建築された五層六重の天守閣は明暦《めいれき》三年（一六五七）の大火で炎上して以来、再建されていない。とはいえ、三十万坪を超える敷地の中に、どれだけの敵がいるかも分からないのに、賊に屈せず将軍を救えというのは、余りにも無謀だ。

ここは賊の言うとおりにすべきである。御用蔵から、どのような手だてで金を盗み出すのか、そして、立て籠《こ》もった将軍御用部屋から、どうやって逃げるのか。

「そのお手並みを拝見しませぬか？」

清澄はそう言ったが、田沼は、

「わしには、八朔御礼に参上している幕閣はもとより、御三家、諸大名を理由なしに、二日や三日、この千代田の城に留めておく器量はある。——賊との交渉も、わしが引き延ばそう。できる限り早く、上様の身を取り戻して貰いたい。それくらいの鍛練は、清澄殿も受けておるのでござろう?」

と鋭い眼になって、清澄の瞳を睨み据えた。まるで、清澄の正体を知っているかのように。

(ここで、ひと思いに田沼を消すか……それとも、上様を救うのが先か……)

清澄の脳裏に激しい雷光が交錯したが、

「——分かりました。私のできる限りのことは致しましょう」

と頷いていた。

三

中奥から大奥へ行くには、上下二つの御鈴廊下しかない。

そのいずれもの杉戸も厳重に閉じられ、中奥側には小納戸奥之番が、大奥側には錠口役の女中が控えているはずであった。

清澄は、まず御休息之間に近い上ノ御錠口に来た。中奥側には奥之番が数人控えていたが、大奥側には女中はおらず、野太い男の声で、

「少しでも開ければ、上様のお命はない」

と返って来るばかりであった。

御座之間の側の下ノ御錠口も同じ状態だ。将軍の親衛隊である書院番と小姓組番が武具を備えて、御錠口を睨んでいたが、中の様子が分からない上は、乗り込むことはできない。

奥女中の声は全く聞こえない。銅でできた塀《へい》によって、大奥と隔たっているせいもあるが、恐らく、侵入して来た賊のせいで身動きできないのであろう。

もちろん、大奥女中も武芸の鍛練はしているが、太平の世の中で、しかも殿中に将軍を人質に取る者が来るとは思ってもいない。まさしく寝耳に水の事態に、幾ら千人の女御がいようとも、手出しはできないであろう。

大奥は将軍以外は入れないが、御広敷《おひろしき》に詰めている伊賀者《いがもの》などの役人が数十人いる。が、それとて同じ状況なのだろう。敵が何人いるのか、将軍家治がどのような状態なのか、清澄には知るよしもなかった。

(――だが、大奥へ入る手はある)

清澄は家治すら知らされていない秘密の通路を知っていた。三代家光《いえみつ》の時世に作られたものである。その通路を知っている者は、清澄の他に、御庭番の川村《かわむら》家、明楽《あけら》家、村垣《むらがき》家、梶尾《かじお》家の当主しかない。川村は御庭番筆頭。以下の三家からは、いずれも勘定奉行が輩出されている。

御庭番は八代吉宗が、紀州から連れて来た薬込役を幕臣にして、将軍直属の隠《おん》密《みつ》にした。老中以下の幕府の支配からは独立した存在で、将軍以外の者から指示を受けることはなかった。例え老中若年寄といえども、命令できなかったのである。

秘密の通路であるが、大きな問題がある。大奥から外へは出られるが、外からは中へ入れない。

（まさか、その秘密の通路を通って、賊が押し込んだとは思えない……）

城内の役人に命じないとできない仕掛けがあるからだ。

難しいが、それを逆に向かうしかない。

清澄は一旦、半蔵門に出ることにした。そこに、大奥への通路があるのだ。もっとも、下から上に登らねばならない。しかも、下水の道を登らなければならないのだ。

役人たちはいつもと変わらぬ様子で働いている。ただ違うのは、諸大名が登城中ということで、坊主姿が多いのと、式典係の目付が慌ただしく出入りしていることくらいだ。

田沼が命じて、城内の門をほとんど閉めることになったと、茶坊主の話声が聞こえた。

（偉いことになった……）

閉門の刻限でもないのに、城門を閉めるということは、緊急事態だと知らしめるも同然である。今日のような祝賀日には、下馬所となっている大手門、内桜田門、和田倉門、馬場先門などが開かれ、大名の家来でごった返していた。

登城した主人たちが戻らぬまま閉門となると、何か異変があったに違いないと大騒ぎになるのは当然だった。

「なんだ」「何があったのだ」

混乱ぶりが、清澄の耳にも届いてきた。

本丸の玄関前にある中雀門、中之門、大手三之門などに詰めている書院番与力、同心、鉄砲百人組などが、戦闘に備えるように集結しはじめた。

だが、敵は城内にいるのである。外に向けて闘う体勢は万全だというものの、城の中に潜んだ敵には無力に近い。門を閉じるのも、せいぜい賊を逃がさない配慮でしかない。

城門は、大門六門をはじめ、二ノ曲輪《くるわ》、外曲輪などに、九十二もあった。その全てが見付《みつけ》、つまり見張場となっている。

すっかり門を閉じてしまえば、城は、鉄の甲羅に隠れた亀のようなものだ。何が起ころうと揺るぎない城塞となる。

しかも、枡形《ますがた》門なので、大勢で乗り込んで来ることができない。だが、中からはその姿が丸見えなので、少人数で背後から攻められたとしたら、却《かえ》って危険だ。中から敵が来ることは想定していない。籠城のための技術だからだ。

（だが、今、敵は中にいる……）

清澄はそう思いながら、半蔵門に急いだ。

本丸から所定の門を通るとなると、半蔵門まで半刻《はんとき》（約一時間）は費やすことになる。しかし、能楽堂の楽屋から抜け出し、多聞を渡り歩き、吹上御庭を急ぐとすぐだ。

清澄が半蔵門の内側まで辿《たど》り着くと、柿色の西日が城壁を染めていた。

五年も城内に来ていて、見たことのない場所だった。

番兵の伊賀者たちは、清澄を見て怪訝《けげん》な顔をしたが、裃の忍冬《すいかずら》の家紋を見て深々と一礼した。将軍家能楽指南役だと知っているからだ。

(――だが油断してはならぬ)

賊は大奥に侵入したのだ。もしかすると、敵は身近にいるかもしれないのだ。伊賀者とて、徳川に牙を抜かれた狼も同然。田沼意次のような、徳の欠けた老中兼側用人をのさばらせておく将軍に恨みを抱いて、御用金をごっそり戴《いただ》こうと考えても不思議ではない。

(とにかく、己以外の全てが敵と思え)

それが大師から教わった最大の防御策であった。

「何処に参られますか」

伊賀者は丁重に頭を下げて訊いた。

白川家の屋敷は、虎ノ門の外にあったから、半蔵門から退出することはない。もっとも半蔵門は常に閉められた門だから、ここへ来る者は怪しまれて然るべきなのだ。

「芦刈《あしかり》」

清澄は真顔でそう言った。

伊賀者は一瞬呆気《あつけ》に取られていた。

芦刈――に意味はない、清澄の得意の舞の名であり、わざと合い言葉のようにハッタリをかませたのである。

「無礼者ッ。芦刈が分からぬとは……さては、おまえはどこぞの間者《かんじゃ》か。田沼様より連絡があったであろう。千代田城内の門は全て閉じよとな」

「ハッ」

なぜ閉じるかとは詮索しない。上から言われたままにするのが、規則なのである。

「おぬしの失態、上様にも田沼様にも黙っておいてやる」

「は、はい……」

伊賀者は冷や汗を拭った。

「では、私の言うとおりにするがよい。半蔵門の門柱そばに井戸があろう。その横に水道杭がある。それは南北になっておるが、東西に回せとのお達しじゃ」

伊賀者は何も疑わず、清澄に言われたとおりにした。

（――まずは、うまく行った）

清澄は安堵した。が、このように容易に従う伊賀者を見ると、八朔の騒ぎに乗じて、不逞《ふてい》の輩《やから》が忍び込んで来ても不思議ではないと思った。

半蔵門の下で、玉川上水から江戸城に水道が引かれている。

江戸は海の上にあるようなもので、井戸を掘っても塩水が含まれていた。だから、玉川上水や神田上水などから、引いた水道が江戸中の地中に網のように張り巡らされていた。

江戸城に引き込まれる水の流れを変えて、別の水道に流すのである。本丸大奥に流れるはずの水流は、西ノ丸のみに流れる。

やがて水道の水位は低くなった。

それこそが、抜け穴なのである。

本来、江戸城が攻め落とされ、将軍に万一のことがあれば、本丸から、外に抜け出し、そのまま四谷大木戸の水門まで辿り着くことができる逃げ道であった。

(それを逆に行くことになろうとはな)

もちろん、限られた人間しか知らない。清澄も通ったことなどない。

水道は、二間《にけん》ほど地中にあり、井戸から入ることができる。

常に水が流れていたため、多少のぬめりはあるものの、藻《も》や黴《かび》はあまり生えてなかった。蠟燭《ろうそく》灯りの先には、冷たい水滴がしたたる空洞が、果てしなく続いている。

石樋《いしどい》（水道管）は幅が四尺、高さが五尺ほど。少し屈めば、大人でも悠々と通れる広さである。

側面の石壁には、半蔵門からの距離を示す楔《くさび》形の印が、四間ごとに刻まれている。それを確かめながら、ひたすら歩く。滑るので足早には進めない。だが、少しでも早く行かなければ、と清澄は焦った。

賊の要求は四半刻後だ。その刻限はもうとうに過ぎている。

（田沼はうまく交渉を引き延ばしているのであろうな。この闇の中にいる間に、上様が殺されたとあっては……！）

この上水道は、道灌《どうかん》堀の下の地中をくぐっている。一旦、緩やかな下り階段になって、さらに蓮池堀の下を抜けて、大奥の下に至る。

大奥からは、この上水道を汲み上げるのに、十五間もの深さの井戸を掘らなければならない。本丸自体が盛山に築城されているからである。

その井戸を登って行けば、天守台そばの金明水井戸から出られる。が、そこに出たところで、大奥へ入るのは難しい。

清澄の記憶によれば、梯子《はしご》段を登っていく途中に、斜め下に細い通路が抜けている。雨水などで増水して、水路が溢れたときに、水位が上がるのを避けるための工夫で、大奥の下水と繋がっており、そこから三日月堀へと流れ出るようになっている。

（とにかく、そこまで行かなければ……）

清澄がそう思いを巡らせた時である。

地鳴りのような音が頭上からした。爆音とも聞こえるし、瀑布《ばくふ》の水音にも聞こえる。

（水だ……！）

明らかに激流の音だ。背中から聞こえてくる。

（まさか……！　半蔵門の水路杭を元に戻されたのでは！）

清澄は後ろを振り返ることなく、懸命に先に走った。腰を屈めた姿勢では思うように足が運べない。やや下っているので、勢いがつきすぎて、たたらを踏んで転倒し、膝を強く打ってしまった。

蠟燭が飛び転がり、一瞬にして、真っ暗な闇になった。

ゴウ、ゴウ、ゴウオ——！

まるで津波が迫って来るようだ。

膝の痛みなど構ってられない。ひたすら前に向かって走るしかない。水に飲み込まれたら最期、そのまま流されて、町屋のためます（井戸）で土左衛門《どざえもん》となって浮かぶだけだ。

闇には慣れていた。猫ではないが、わずかな明かりでも、身動きできる鍛錬は受けていた。だが、地中の水路には螢ほどの光もない。漆黒の闇とはこういうものか……清澄はそう思う暇もないほど必死に水から逃げた。

激流の音に混じって、ワーンと石が共鳴するような響きが、闇の中で響く。

井戸は近い――。

清澄はそう察すると、共鳴音に向かって走った。何度か石壁に激突し、額もしたたか打ちつけた。だが、立ち止まるわけにはいかない。懸命に手を前に伸ばしながら、突っ走る。

共鳴音が激しく高鳴った。

（ここだ！）

手を上に伸ばすと空洞がある。

清澄は跳ね上がったが、掌にはひんやりした石の壁が触れるだけだ。摑《つか》むところがない。井戸の遥か上から微かな光が漏れている。

救いの光明だ、と思ったのは一瞬のことであった。

背後から、激突して来た水の固まりに、清澄はあっという間に飲み込まれてしまった。


ガツンと頸椎《けいつい》あたりを打ち、水圧で吹き上げられた気がした。渦潮《うずしお》に巻き込まれたように翻弄《ほんろう》され、己の躰が何処にあるのかさえ分からなかった。

口からも鼻からも重い水が突入してきて、息ができない。もがいているうちに、何度も井戸の壁に叩き付けられ、清澄の気はかすみ、遠くなっていった。

怒濤《どとう》の水流だけが、清澄の感覚に突き刺さっていた。

四

辰之口《たつのくち》評定所には、田沼意次と老中首座松平輝高《まつだいらてるたか》、そして、御三卿の一橋治済がひそかに話をしていた。

評定所とは、裁判のみならず、政策の審議や決定を行う幕府の最高機関だが、田沼が三人だけの密談場所に選んだのにはわけがある。

大奥の将軍御用部屋に侵入した賊との交渉をしていた田沼は、仲間が中奥にも点在していると察知した。それゆえ、城内の一切の門を閉めたわけだが、評定所へは道三堀《どうさんぼり》を小舟を使って行くことができる。

しかも、すぐ側の数寄屋橋、鍛冶橋、常磐橋辺りには町奉行所を始め重要な役所が集まっているから、万が一の時はそこまで逃げ出すことが可能だからだ。田沼の屋敷が神田橋御門内にあるのを、賊は知っているであろうから、めくらましにもなる。

「治済様に折り入って話がありまする」

「うむ……」

吉宗の孫にあたる人物である。将軍家治とは違った育ちのよさを漂わせていたが、その眼光の奥には野心が窺《うかが》える。父親の宗尹《むねただ》が幕政に首を突っ込みたがる権力志向の男だったから、その血が濃いのであろうか。

「何が起こっているかは申し上げられませぬが……上様のお命が危《あや》ういということだけ、お伝え致します」

「……」

治済はほんの少しだけ眉を動かしたが、田沼の密談の意味を察して、黙って頷いた。一橋家には、田沼意次の甥である意致《おきむね》が家老として仕えていた。田沼の実弟も叔父も一橋家に仕えていたから、あうんの呼吸で、田沼の言いたいことが分かる。

「で？　意次殿、わけは知らぬが、上様の危難とやら、如何いたす？」

鼻筋の通った治済の面だちが、かすかに火照《ほて》った。田沼は無表情の奥に、まるで能面の情念を垣間見たような気がした。

「申し上げましょう。豊千代君《とよちよぎみ》を、上様の養君としたいのでございます」

豊千代とは、治済の息子である。吉宗公から見ても、最も血筋の近い将軍継嗣者である。家治がこのまま子供ができないか、万が一の時には、豊千代を将軍の座につかせることを、内諾させようというのだ。

治済としては少々不満であった。

上様に万が一のことがあれば、自分が将軍になる番だと思っていたからだ。

「豊千代君では駄目でござるかな？」

飄然《ひょうぜん》とした甲高い、しかし押しのある声で田沼が言うと同時、治済は、

「いや、当然の采配であろう」

と同調していた。

老中首座の松平高輝の同席の上で、将軍側用人田沼意次が後見人となって、豊

千代を次代将軍にするという密約は、ここに成立したのである。

「ときに意次殿……上様の危難とは？」

松平高輝が口を開いた。この老中首座は、松平武元《たけちか》の跡を継いでこの地位についた。が、武元が田沼にとって一目置いた存在であったのに対して、まるで格下であった。

「言わぬが華でござろう」

田沼は金扇を揺らしながら言った。

「さようか、しかし田沼殿……」

「いいえ。もし、今、老中主座が知れば、万が一の場合、あなたが切腹をして責任を取らねばならぬ事態ですぞ」

「……」

「それを身共は、私一人の命に代えて、この危難を脱しようとしているのです。上様のご消息に関わらず、私は生きていない。だからこそ今、次の将軍を決めておきたかったのです。それとも……何か異論が？」

田沼一流のハッタリだった。幼い頃から、口から先に生まれたと言われるほど、よく喋《しゃべ》った。閣議の折りも、反対者には話す機会を与えないで、一方的に

まくし立てる。そして、相手の意見を聞くだけ聞いて、

「なるほど……私とは相容《あいい》れませぬな」

との一言で、役職を解くのである。強引であることは、誰の目にも明らかであったが、将軍という後ろ盾があるから、必要以上に誰も責めなかった。

家重、家治に仕えた田沼は、心の奥では仕えたとは思っていない。己が、二人の将軍をうまく盛り立ててやったと自負している。

事実、家重は世に言われるような愚昧《ぐまい》な将軍ではなかった。

家重は、天才的な吉宗の息子として、わざと愚鈍を装っていたのである。なぜならば、有能な父を持つ二代目が口をあれこれ出すと、それだけで恨みを買うことがある。せっかく築き上げた家臣との信頼関係を維持するには、家臣同士の結束が必要である。

上が少々愚鈍な者の方が、家臣の結びつきが堅くなるものだ。田沼はその心理を利用して、家重に一歩引かせたのである。

その時も、「悪者になるのは私一人で結構でございます」と家重を説得した。だが、利口な家重は、父吉宗の遺業を書き残しただけではなく、徳川家史にも筆を染めた。

何よりも、それまでの農本位から金本位の政策に大きく転換したのは、家重の理解があってのことである。それまでの徳川家は吉宗といえども、天下国家に何か危機があれば、徳川の私財にて賄《まかな》おうとした。だが、「国家予算」という概念をもって、予算立案という具体的な施政をしたのは、田沼意次が最初だと言っても過言ではない。

そのことを、老中首座も一橋治済も知り尽くしていたから、徳川の未来を彼に託していたのである。

「なにはともあれ……上様の身に何も起こらぬよう、祈っておりまする」

田沼は、三人の密約書を手に、評定所から立ち去った。

そして、御庭番を伴わせて、一橋治済と松平高輝の二人を、掘割から道三橋まで送り、密かに屋敷まで送り届けた。

汚水の臭いで、清澄は正気に戻った。

日頃の鍛錬の賜《たまもの》であろう。水道の石壁の隙間に指を立てて、躰が転落するのを支えていた。

井戸から脇に伸びた、例の増水した時に水を迂回《うかい》させる管の中である。管といっても、人が這いつくばって進むことくらいはできる。さっきの鉄砲水が清澄を押し上げたようだ。運が良かったのだ。

迂回水道管は緩やかに下り、やがて大きな角筒に突き当たった。

上水道から流れ出ても、こちらから上水道に逆流することは決してない。そのようなカラクリで、排水溝を江戸城の地中に張り巡らせている技術も又、鬼火一族の古来からの知恵であった。

炊事や洗濯をして汚れた水を流す石樋だから、ぬめりがひどく、ぬかに汚物が混じったような臭いが淀んでおり、登って行くには滑り止めの樹液などが必要だった。

しかし、指先を這わせていると、杭のように出っ張った石が摑めた。明らかに足場である。この道もまた、抜け穴として利用できるよう造られていたのであろう。ぬめっているが、慎重に躰の重みを移動させれば、上に登ることができた。

気を付けなければならないのは、落下したら、そのまま汚濁した水とともに、堀まで流し出されるということである。それまで息が続くとは思えない。危険が去っていないことは、さっきの上水道と同じであった。

(それにしても……誰が、どうして、水道杭を動かしたのだろう)

清澄の命を狙ったのは明白だ。

それもいずれ分かるであろう。御用部屋に辿り着きさえすれば、相手が何人であろうと、将軍を逃がすことができる自信がある。それは護衛官として、何度も訓練したことであった。

御用部屋から逃走する経路は、水路だけではない。床は二重底になっていて、身を伏せて隠れられるようになっている。そのまま上ノ御鈴廊下の脇にある穴道に繋がっている。

その穴道は直接、中奥の床下を抜けて、御側衆の間に至るようになっている。しかし、絶対に逆行はできない仕組みになっている。籠城になった場合、中奥から大奥に押し込まれる箇所が、ひとつでもあれば、将軍の命取りになるからだ。

大奥側からしか開かない仕掛けとは、鼠《ねずみ》取りの籠で閃《ひらめ》いたという。清澄は一度だけ見たことがあるが、無理に入ろうとすると槍《やり》の穂先のような鋭い刃が、侵入者を突き刺すのだ。

御側衆の間には、木管を使って伝達する仕掛けがあり、書院番組や小姓組などの番頭、組頭ら武官が、二百人、即刻駆け付けることになっている。

既に田沼によって、番方は集まっているに違いない。同時に、隠密裡《おんみつり》に怪しい者の捕縛に動いていることであろう。

清澄は最後の足場を踏み越えて、下水口の真下に来た。ぷんと匂いがした。柘榴《ざくろ》のかおりだ。

流しになっている陶器を少しずらすと、御廊下脇の中庭が見えた。奥女中の姿は見えない。いつもなら、廊下脇の小部屋で、御半下《おはした》が将軍の着替えなどを用意しているはずだ。

しかも、この手水《ちょうず》の下にある流しは、城外に異変を伝えるために、牛の腸に詰めた黄色の果実粉を多量にぶら下げている。綱を切り離すと、それは下水を流れて、北桔橋門と西桔橋門近くの堀に流れ出ることになっている。

途中、水がまっ黄色になる。どっと流れ出る黄色の水で、番方は異変を知るのである。朝晩、三交代で水を見張っている役職もあるのだ。

清澄はそっと陶器台をずらして、わずかな隙間を作ると、しなやかに飛び出した。だが、裃は途中で脱ぎ捨てたが、水を吸った着物が重すぎて、思うように動きが取れない。

陶器台を元に戻すと、清澄は素早く御廊下の下に潜り込んだ。それに沿ってゆくと鷹ノ間、溜《たまり》を抜けて、すぐ御用部屋になる。

しかし、容易には進めない。

曲者《くせもの》の侵入に備えて、幾層にも鳴子糸が張り巡らされていた。

手練《てだ》れの忍びでも、ひとつも音を出さずに、御用部屋に近づくことはできまい。

「……」

清澄は帯に挟んでいた扇子を引き出すと、骨に仕込んでいる畳針を使って、一本ずつ切っては床下の小石に結び直して、鳴らないように仕掛ける。その神経がすり減るような作業を終えた時、突然、大声が鳴り響いた。

「ふざけるな！　もう待てねえぞ！　将軍をぶっ殺してやる！」

賊の一人の声のようだ。

「待てッ」

杉戸の向こう、中奥から漏れてくる声は田沼で、「望み通り、蓮池御用蔵の鍵を開け、扉も開けておる」

「嘘をつくな。仲間から合図がない。――田沼！　上様が死んでもよいのか！」

「待て」

「四半刻を一刻《いっとき》（約二時間）まで延ばしてやったのだ。もはや、こっちが譲る謂《い》われはない。おぬしの引き延ばし策も無駄だったようだな」

「なんじゃと？」

「上様の御護り役の能楽師は、水道のどこぞで、水ぶくれになって死んでおるに違いなかろう……秘密の通路を逆行してくる勇ましさは買うてやるが、半蔵門の伊賀者が、わしらの手の者とは気づかなかったようだな」

杉戸の向こうからは何も返答がない。田沼自身、清澄が取る行動を見抜いていたとみえる。しばらく沈黙した後、

「さようか、清澄殿は、憤死したというのか……だが、わしは諦めぬぞ、清澄の亡骸《なきがら》を見るまではな」

と田沼はしんみりした声で言った。

（心底、この私を信じていたのか……）

清澄はほんのり熱い血流が胸のあたりに巻いた気がした。

賊は鼻で笑って、

「もっとも、その御護り役がここまで来ようとも、俺たちに勝てるわけがない。痩せても枯れても、休息御庭番之者支配までしていた宮地《みやじ》兄弟だ。旗本になって腑抜けた御庭番たちには、腕も度胸も、そして頭も負けはせぬ」

宮地兄弟――。

清澄にも覚えがある。御庭番筆頭の川村《かわむら》家とともに紀州から来た宮地六右衛門《ろくえもん》の直系だ。

だが、三年ほど前に、大奥がらみの不祥事を起こして、御庭番から外された。

御家断絶にはならなかったが、一門は紀州に帰されて、ひっそり暮らしていたはずである。

（さては、その処分を決した上様と田沼に対する逆恨みによる凶行だったのか……）

城内が煩雑になりやすい式日を選んだり、中奥の楓ノ間から大奥へ抜けるすべを熟知していたはずである。

（宮地兄弟は、三人だったはずだ……ということは、御用部屋には三人いるということか……いや、うち一人は連絡係で、外にいるのかもしれぬ……私の行動を見抜いたのも、おそらく兄弟の一人に違いない。ということは、中には二人か？　それとも、手下が何人かいるのか……）

めまぐるしく思いを巡らせたが、結論は、田沼の一言で理解できた。

「そうか。宮地だったか……長兄の軍兵衛《ぐんべえ》には可哀想なことをした。せめて自決させてやりたかったが、打ち首とはな」

「黙れ、おまえが命じたのではないか」

「弟二人で兄への復讐か？」

「上様をやるなど、二人で充分よ」

と、今まで話していた賊とは違う声が聞こえた。

清澄は確信した。

(上様を監禁した敵は二人――)

それにしても、どうやって、ここまで入って来られたかは疑問だった。幾ら元御庭番でも、中奥まで侵入して来るのは、不可能に近いのではないか。

どこぞの大名の家臣に扮するといえども、登城できる人数は決まっており、最後は大名一人。刀持ちも途中の城門で待たされることになる。

「そうか、分かったぞ……」

宮地兄弟は、あらかじめ、大奥へ入っていたのだ。あるいは清澄と同じ手を使ったのかもしれない。

そうでなくとも、今日が式日ゆえ、御用呉服商人がこの日のために、数日前に江戸城大奥相手に商売をしているはず。人気歌舞伎役者が長持《ながもち》に隠れて入って来た例もある。

そして、大奥の御化粧ノ間にでも、紛れ込んでいたのかもしれぬ。

（――ということは、大奥に手引きがいたということか？　いや、そこまでして御金蔵破りをさせて、何になるのだ？）

考えるのはもうよい。敵が二人と分かったのだ。一瞬のうちに倒すしかない――。

清澄は舞台に出る前のように、心の高ぶりを快感としてゆき、心地よい緊張を全身に張り巡らせた。気合いが乗ってくると、敵の動きが、緩慢《かんまん》な能楽の舞に見える。手に取るように、敵の剣捌《けんさば》きが見えると、もう怖いものは何もない。

五

蓮池の御用蔵では、金奉行以下、金蔵番同心が二千両箱を運び出していた。

賊……宮地兄弟が指名した、若年寄で伊勢佐木《いせざき》藩主酒井下野守《さかいしもつけのかみ》、下館《しもだて》藩主石川若狭守《いしかわわかさのかみ》ら五人の家臣に渡して、城外に運び出されるのである。

突然の指名を受けた酒井下野守らは驚いていたが、上様に関わる一時的な緊急回避だと田沼に説明を受けて、断ることはできなかった。

運び出される二千両箱を憮然《ぶぜん》と見ながら、田沼は吐息した。

（清澄殿はまこと、殺されたのか……）

側用人の田沼は、御庭番数十人にも、大奥への侵入を命じていたが、まだ吉報はない。

（やむを得ぬ……敵を油断させたところで、乗り込むしかあるまい。問題は金ではない。御庭番の家筋を絶たれたはずの奴らが、わしに挑んで来るのが煩わしい）

一か八かで乗り込む。将軍が怪我ですめば、それでよし。万が一のことがあっても、幕府は揺らがないよう手筈《てはず》は整えた。

田沼は番方の全てに招集をかけ、御錠口をやぶり、断固、敵を叩きのめすことを決めた。

「必ずや上様をお救いするのだ」

我ながら空々しい命令だと思ったが、田沼は采を振った。

その時である。

奥の御用部屋から、ギャッと悲鳴があがった。

「田沼殿、今だ！」

と大声を発したのは、清澄である。

番方が一斉に杉戸をぶち破る。火薬で錠前を壊し、角材で突き倒したのだ。

杉戸の奥には、宮地兄弟に仲間の伊賀者が二人、忍び刀を抜いて構えていた。

だが、数人の番士たちが、一斉に槍で突きかかる。逃げ場を失った伊賀者は、無惨に腸をえぐり取られた。

飛び散る鮮血を振り払った番士たち三十人は、御鈴廊下を走り、御小座敷、御鈴番所など四方に散ると、爆竹音の合図と同時に、鶯ノ間奥の御用部屋に乗り込んだ。

そこには、肩口をざっくり斬られた将軍家治が、一緒にいた側室を庇《かば》うように座り込んでいた。

部屋の片隅には、目を見開いた宮地兄弟が二人とも倒れていた。喉元にプツリ二つの穴が開いている。

御書院頭は家治に駆け寄り、

「上様！　しっかりなさりませ！」

既に後ろに待機していた御殿医《ごてんい》が直ちに治療を始めた。

番士たちは家治を庇ってずらり取り囲み、辺りを執拗に睨み回す。

「——もう、よい。賊は成敗した」

と家治は、絞り出すような声で言った。わずか一時《いっとき》の人質だったが、髪が白くなるほど憔悴《しょうすい》している。

宮地兄弟を誰が殺したかは、誰も詮索しなかった。

清澄がやったであろうことは、番士たちも承知していた。上様付きの能楽師が護衛役だったと世間に漏れては、秘密の護衛官ではなくなるからだ。


「それにしても……」

桜田門外の屋敷に帰った清澄は、釈然としないことがあると、大師に問いかけた。

「上様をお守りできたのだ……それでよかろう？　賊に味方した伊賀者たちも、早々に処分されたと聞くが」

「いえ。宮地兄弟は死ぬ直前、こう言いましたぞ」

「……」

「俺たちはダシにされた、と。——宮地兄弟は、御金蔵を狙った人質騒動を起こすだけでよい。後は、八朔御礼に来たある大名の家臣に扮して下城する手筈だったとか」

「知らぬ」

大師は長い白髭をなでながら目を閉じた。

「惚《とぼ》けないで下さい！　私も命を落としそうになったのですぞ。あなたの孫が！」

「だから？」

「私はあの兄弟に同情しますぞ」

「同情？　愚かな……」

「では申し上げてみましょう。すべては、鬼火一族の頭領のあなたが仕組んだことだったのですね。――上様人質騒ぎを起こす。だが、田沼ならきっと、誰にも内密にして、上様の次の将軍を決定する。田沼なら、うまく豊千代を養嫡子にするだろう。それがあなたの読みだった。見事うまくいった。……田沼を殺しそこねた、私の心まで利用してね！　そして次は……」

「次は？」

「私を信頼しきった田沼を、今度こそ殺させる」

大師はふんと笑って言った。

「清澄。おまえはいずれ鬼火一族の頭目になる身。なかなかの器量じゃな」

「お答え下され。田沼を殺すのですか」

「おまえが手を下すまでない。豊千代が将軍になれば、田沼は即刻、追放されるじゃろう」

——豊千代が家斉《いえなり》として、将軍の座に着いたのは、八朔御礼の式日から、一《ひと》月《つき》後の九月九日のことである。

その直前、八月十九日には家治が突然、死んだ。

持病だった水腫《すいしゅ》が悪化したためだという。

田沼意次が服毒させたという噂も流れたが、彼自身、その七日後に老中職を解任されている。


（了）

菖《しょう》蒲《ぶ》侍

一

善兵衛《ぜんべえ》の母親は、産婆に取り出された彼を見たとき、悲鳴を上げて卒倒したという。

墨を塗りたくられたような顔で、頭がとんがっており、目が異様につり上がっていたからだ。目ン玉が縦についとる、と産婆が叫んでのけぞるほどの奇怪な姿で、集まった親戚や近所の者たちも、怯《おび》えて逃げ出した。

「信心が足らんからじゃ、信心が」

善兵衛の生家は、肥後《ひご》熊本の在、御船《みふね》の豪農で、代々、ごうつく庄屋と呼ばれるほど小作を締め上げていた。それゆえ、氏神《うじがみ》様のバチがあたったのだと、誰もが噂《うわさ》した。

祟《たた》りを恐れて、生まれた子供は良い行いをするようにと善兵衛と名づけ、

「施しをせねば。貧しい人、弱い人には施しをせんばいかん」

と繰り返し教え、親たちも長年の悪行を洗い流すように、小作農民に好かれるのを信条とした。そのためか、善兵衛の顔の色は徐々に白みを帯びていき、つり

上がっていた目もふつうに戻って、むしろ垂れてきた。

それでも善兵衛は、五つ六つまでは、無表情で挨拶《あいさつ》もろくにできない子供で、近所の人は泣き声すら聞いたこともなかった。が、七つを過ぎた頃から、突然、小さな子が困っていると、せっせと面倒を見るようになった。

自分の分け前がなくなっても、躰《からだ》が小さくて弱い子供や貧乏で痩《や》せた子供に、お菓子や玩具を惜しみなく与えるのである。それが嵩《こう》じて、親の財布から小銭を取って来ては、腹を空かせて泣いている子供の手に握らせた。

そのうち、相手は子供に限らなくなってきた。誰も近づかない乞食にでも、善兵衛は持ち合わせの握り飯や饅頭《まんじゅう》を恵み、それがなくなれば、着ている着物を金に替えてまで、可哀相な人々に与えた。

「おまえは施しをせにゃならんと。施しをせにゃ、まっとうな人になれんとよ」

という母親の言葉が耳の奥に染みついているせいなのだろうか。本人には、まったく善行をしているという自覚はない。ただただ困っている人を見ると、放っておけないというのが本心だった。

善悪の判断がつかないうちから、施しを繰り返してきたせいか、その性癖は大人になってからも変わらず、商家に婿入りした後も同じで、舅《しゅうと》や嫁を困らせていた――。

「また売上を恵んだとや!?」

舅は眉をつり上げて、両足で上がり框《かまち》を踏みつけながら怒鳴った。

「へえ。蔵奉行様から戴《いただ》いた八両のうち、二両を、行き倒れになりそうな親子に……どうしても、見捨てておけんかったたい」

善兵衛は困惑したように太い唇を歪《ゆが》め、牛のようなずんぐりした躰を、持て余すようによじって呟《つぶや》いた。

「ま、しょんなか……」

「このアホタン！　朝からテレーと歩き回って、なんばしちょっとかッ。三河屋《みかわ》の婿は施しボケで、身代が傾いとって噂《うわさ》ばい。おまえのお蔭で、うちの信用はほんなこつガタ落ちたい！」

もう七十を越した舅、久左衛門《きゅうざえもん》の前で、娘婿の善兵衛はちょこんとうなだれ、店の紺暖簾《のれん》の下で突っ立っている。

「もう我慢ならんッ。おまえはもう、この三河屋から出てけ。うちのような格式ある商家に、片田舎《かたいなか》の庄屋の六男坊なんかを、入り婿に貰うたのが間違いたい」

久左衛門は思わず、帳場の算盤《そろばん》を摑《つか》んで土間に駆け降りると、その角でガツンと善兵衛の頭を叩いた。勢い余って、空豆ほどの大粒の算盤玉が飛び散った。

「申し訳ンなかです」

善兵衛はすぐさま土下座して、「わしン力が足らんごたる。ばってん……もう、絹の着物ばかり売り込んでも、値が張って、人様はなかなか欲しがらんとです」

「黙らっしゃい。うちは細川のお殿様から、代々、御用を預かっとる、そりゃエラーか店たい。ご家来衆にも多くの贔屓《ひいき》がおっとよ。おまえのせいたい。代々のお得意様が逃げ出すのは、おまえの！」

久左衛門はもう一度、算盤の枠で、善兵衛の眉間を叩いた。

「アタッ、すんまっせん」

善兵衛は生まれて三十年来、何をしてもグズと言われて来たが、ぶたれても蹴られてもじっと我慢することだけは、人並み外れていた。

十二のときに、善兵衛は、近所の悪ガキに耳たぶを剪定鋏《せんていばさみ》で切り込まれたことがある。泣き声を上げるどころか、「こりゃ、ごっつう痛か」と、耐えながら涎《よだれ》を垂らして笑っていたから、悪ガキたちは気味悪くなって、二度と相手にしなかった。

そんな善兵衛が、肥後熊本城下で屈指の絹問屋『三河屋』の養子になったのは、五年前のことである。

一人娘のお春は、藪蚊《やぶか》も寄らないほどのオカメで、幼い頃から甘い物を与えられたせいか、熊のようにでぶっていた。数十回お見合いをしたが、必ず相手が何かと理由をつけて断ってきた。

「それなら丁度よか釣り合いの男がおるたい」

と知人の酒屋が紹介したのが、善兵衛だった。お春は二十八の声が聞こえていたし、人の器量をあれこれ言うことができる立場ではないと心得ていたので、すんなり善兵衛を入り婿として迎えた。

見た目どおり、善兵衛はドン臭かったが、朴訥《ぼくとつ》とした人柄は、奉公人の間では評判がよかった。大店《おおだな》の主人ながら、守銭奴で通っていた久左衛門は、人様から戴いた柿餅一つ、手代《てだい》らに分け与えなかったが、善兵衛は、生来の癖で、自分の物をよく下働きの者に振る舞っていたからである。そんな善兵衛が舅は益々、気に入らなかった。

「誰のお蔭で、飯ば食っとっと？　我《わ》ル一人の腕で商《あきな》いば、しとっとじゃなかとぞ。人様に施しばするのはよか心がけばってん、我ルで稼ぐが先ンたい」

と言っては、善兵衛を小突いた。

三河屋は、細川家が熊本に藩主として入国した、寛永《かんえい》九年（一六三二）から二百年近く、藩御用達の商人として営んできた。久左衛門は、六代目である。

しかし、殿様商売は既に、六十年も前、つまり四代目の頃から傾きかけていた。元禄《げんろく》時代以降の大量消費時代にもかかわらず、絹のような高級品は売れ行きが伸びなかった。得意先の呉服屋も次々と潰れていった。

一般庶民は、木綿地のものを身につける習慣になり、絹には目もくれず、実用的な木綿を必要とした。しかし、三河屋は老舗《しにせ》の誇りを第一義にし、新興の木綿問屋を鼻で笑い、武家相手ばかりの商いに徹していた。そのため、押し寄せてきた〝衣料革命〟の波に乗り遅れたのである。

久左衛門の時代になってやっと、殿様商売はだめだと気づいたが、遅かった。既に、木綿問屋は、絹問屋に大きく水をあけ、大店中の大店に成長していた。

今更、綿織物や麻織物を扱う太物問屋に商売替えしたところで、顧客はもう他の大店が押さえている。細川家入国以来の御用商人の意地もある。家業が傾いていくのが目に見えていながら、久左衛門は長年、何も手を施さないでいた。そのツケが、じわじわとたまってきた。

黙っていて、お客が来る時代ではない。新しい顧客を開拓したいが、それもままならず、代々続く取引先を繋いでおくのが精一杯の状況であった。

「すんまっせん」

ひたすら謝る善兵衛に、ため息をつく久左衛門の傍《かたわ》らで、番頭の染市《そめいち》が腫れぼったい目で、じっと二人を見ていた。染市は以前、口入れ屋をしていたのだが、先年病死した大番頭の勧めで、五十過ぎてから三河屋に勤めた。

普段は口が重い染市がぽつり言った。

「ご主人様。算盤で頭を叩くのはもう、おやめになって下さい。算盤はあきんどの命も同じ。人様が見れば、ああ三河屋ももうお終《しま》い、算盤玉のように、てんでばらばらになるのかなあと思われるだけです」

江戸生まれで、四十近くまで住んでいたせいか、熊本訛《なま》りは少ない。

「善兵衛様もそこまで我慢することはありますまい？　はっきり言っておやんなさい」

「何をだ？」

久左衛門は染市の方へじろりと目を向けた。心配そうに見やる善兵衛を制して目配せをすると、染市は膝を乗り出して言った。

「善兵衛様がうちへ来てから五年、そりゃ、頑張って働いております。取引先でも評判は悪くない。失った得意先は、例え、ご主人様が出向いても、取り引きはやめたでしょう」

久左衛門は険しい顔で聞いている。

「私の考えでは、もはや、三河屋を保つのは難しいと思います。両替商や知人の大店からの借入は、三千両を越えております」

現代なら五億円相当の借金である。

「以前の三河屋なら、三年も我慢すれば、返せない借金ではありませんが、今ではとてもとても……。複利で増え続ける利子を払うことすら難しくなってきました。この借金も商売上でのことなら、やむを得ませんが、ほとんどご主人の道楽のためです」

「なんば言うとか。私は賭け事も女遊びもせん堅物で通っとる男たい。ケチ親父《おやじ》という噂も耳に入っとるほどぞ」

久左衛門は白い鼻毛をなびかせて、憤然と言った。

「では、白川端の寮《りょう》は、どうご釈明を？」

寮とは商家の別荘のことである。

「そこには、一株数両もする草花を、何千本も植えているではないですか。あのような贅沢のために、家業が傾いたと言っても、言い過ぎではございますまい？」

「このほうけもんが！」

久左衛門は火油を浴びたように飛び上がった。

「花を愛《め》でるのは、肥後モッコスの心意気とぞ。たった一度だけ咲かせる一輪の花に、一徹の情けを賭けるのは、人が人として生きる道ばい。こんこつは、お殿様も奨励しとるこったい。そればバカにすっとは……。ふん、所詮《しょせん》、おまえさんは、荒々しか坂東の人間たい。肥後モッコスの花連《はなれん》の魂がわかっちょらん！」

花連とは、花を愛する人々の倶楽部のようなものである。単なる花好きではない。よい花を植え、咲かせ、育む。その一連の行為を通して、茶道や禅にも通じる精神鍛錬をするのである。

「それはわかりますが……」

と染市は続けた。「あの花を屋敷ごと処分しただけでも、かなりの……」

「黙らんかッ。一度育てた花を、売り飛ばすとは、妻に女郎になれと言うも同じとぞ！」

興奮しすぎたせいか、久左衛門は胸をぐっと掌で摑むように押さえて、顔をしかめた。数年来患《わずら》っている心の臓がキリキリ痛んだのである。

「こん話はもうよか。善兵衛、さっさと別の商売相手でも探して来んか」

「お義父《とう》さん」

支えようとする善兵衛の腕を払いのけ、唇を斜め結びにして、久左衛門は前へのめるように奥へ行った。

言い過ぎたかなと俯《うつむ》く染市の肩を、善兵衛はポンと叩いた。いつものように曖昧《あいまい》な笑みを浮かべている。

「すまんのう、染市どん。わしのために」

「いえ。ご主人様ももう、本当は、この店は駄目だと覚悟してるのです。実は……」

と染市は声をひそめて、「ご主人様は何度も遠縁の者に借金を頼んでおります。でも、すべて断られました。先日、書斎を覗いたときには、驚いたことに、遺書なんぞを書かれていたのです」

善兵衛は胸が痛くなるほど驚いた。そこまで、思い詰めているとは想像もしなかった。仕事は人にさせておいて、文句ばかりたれる業突《ごうつ》く張《ば》りかと思っていた。

善兵衛は帳場に上がって正座すると、唐突に、染市に言った。

「染市どん、百両ほど貸してくれんか」

「まさか誰かにやるんじゃ……」

染市は唖然《あぜん》と口をあけて、目ン玉をぎょろりと向けた。

「違う違う。訳は後で必ず言うばってん……お義父さんを自害させてはいかん。そんなことになったら、わし、お春に絞め殺される」

「そりゃそうです」

「その前に、やりたかことがあっと。百両さえあれば、なんとか三河屋を救えるとよ」

らんらんと輝く善兵衛の瞳を、染市はじっと見つめた。不思議なほど毅然《きぜん》とした光が漂っていた。

二

熊本藩は財政逼迫《ひっぱく》した文化《ぶんか》年間、金品の寄付を在郷の豪農や城下の商人に奨励した。それと引き換えに与えたのが、苗字帯刀の特権である。

つまり、武士の地位を金で売るのだ。

名誉欲のある庄屋や大店の主人は、有り余る金を武器に、武家待遇の職を得た。俸禄は無いに等しいが、郡《こおり》奉行の配下にあって『寸志御家人《すんしごけにん》』と称し、領民の生活を見守るのが仕事だった。いわば、領土のようなもので、現代ならば、金を必死でばらまき、やっとこ市会議員になった末、地元の名士と呼ばれて喜んでいるような輩《やから》であろうか。

武士としての実績はないが藩役人に通じているのは確かだから、それを笠に無理難題を庶民に投げかける寸志御家人もいた。納税の米をごまかす者がいれば、完膚なきまで責めたて、お上にばらして欲しくなければ、賄賂《わいろ》を寄越せと、悪辣《あくらつ》非道なことをする者もあった。

そんな悪行も寸志御家人にとっては、名誉を守るための手段だった。彼らは奉納する金品の多寡《たか》によって、同じ御家人の中でも、厳しくランク付けされていたからだ。

見栄のためには金を惜しまない。馬鹿げた彼らのことを、「金あげ侍、あほ侍」と庶民は誰もが貶《さげす》んでいた。

しかし、名誉を欲しがる下々の者は哀れといえようか。軽蔑される存在でありながら、年々、寸志御家人の希望者が増えた。

その寸志御家人に──

善兵衛はなったのである。

染市が、踊りと小唄の師匠をしている内縁の女を口説《くど》いて、弟子の旦那筋から集めた百両は、そのための資金になった。

舅の久左衛門は、善兵衛が寸志御家人になったと聞くや、

「あきんどの誇りば忘れて、金あげ侍なんぞになって喜ぶとは、ああ、情けなかッ」

と地団駄踏んで、わめき散らした。

善兵衛は、久左衛門が怒るのは当然だと心得ていたが、なんとしても真意を伝えたくて、染市に手紙を託した。直接話せば、顔を見ただけで、善兵衛をポカリとやり、話になどならないからである。

染市は、善兵衛から預かった手紙を、白川端にある三河屋の寮に持参した。不器用に巻き込まれた紙には下手糞な墨書で、次のようなことが記されていた。

『――寸志御家人とはいえ、私は町場や農村に居て、まいないを取り立てる気など毛頭ありませぬ。その目的は只《ただ》ひとつです。三河屋の身代を守ること。身代を守るとは――お義父さんに長生きして貰い、お春と子供たちに、すこやかに暮らして貰うことです。そのためには、今の商売は、この先、大変難しいと存じます。そこで、三河屋の商売替えを提案いたします』

久左衛門は眉を逆立てた。

「ほんなこつ、ほうけもんが！　もう、私はこんなもの読みとうなか！」

ぐしゃぐしゃにして投げ捨てるのを、染市が拾い上げ、丁寧に広げると、傍らにいたお春に渡した。

「どうぞ読んで下さい。でないと、私は番頭として、役割が果たせません」

「ぬしゃ、いつから善兵衛の番頭になった」

「お春さん、続きを」

久左衛門の側にいたお春は、染市の険しい顔に、押されるように読んだ。

『商売替えとは、花屋、になるということです』

花屋――という言葉に、久左衛門はしゃがみこんだ。

『花は、お義父さんの愛好していることでございます。それを商売にせぬ手はありません。お義父さんは、代々続いてきた老舗の暖簾を守ることに懸命でした。が、暖簾を守ることにこだわったゆえ、そのことが三河屋の衰退を招いたのかもしれません』

久左衛門は固く口を結んで、中庭に咲き乱れる芍薬《しやくやく》の花を見ていた。

『私も実は、花が大好きです。幼い頃は、近くの野山の花を摘んでは、床の間に飾って、日がな一日眺めていたものです』

「気色《きしよく》悪か。あのツラでよう言うた」

久左衛門は憮然《ぶぜん》と、「アホぬかせ。どれもこれも、改良に改良を重ね、自分の手で生み、自分の手で育てた、かけがえのない天下に唯一の花ぞ。道端の花と一緒にすな」

お春は続けた。

『――お義父さんの好きな花で、一花咲かせましょう。では、どうやって、花を商売にするか。それは、まだ言えませぬ。ですが、三年の間……上の息子が七つになるまで、ご辛抱下さい。それまで、美しい花で中庭を一杯にしていて下さい。では、出世した私の帰還を楽しみに』

読み終えたお春が巻紙をたたむのを見ながら、久左衛門はムッと口を尖らせた。

「なんじゃ、こいつ。からこうとんのか」

「お父さま……」

とお春が、ぶ厚い唇を開いた。「私も、あん人ンこつ、どう理解してよいかわかりません。でも、三年だけ、信じてみませんか？」

「善兵衛の肩を持つのか」

「要太郎《ようたろう》と牛太郎《ぎゅうたろう》を、父無《てて な》し子にはしとうなかとよ」

切なげに俯くお春が、久左衛門は不憫《ふびん》でならない。

「……花屋をやりたい奴がなんでん寸志御家人だ。え、なんでか、染市！」

「さあ、それは……」

染市も答えられなかったが、善兵衛には、持って生まれた並々ならぬ商才があると得々と話した。久左衛門は黙って聞いていたが、ひとつも頷かず、ただじっと、桃色、赤、白と咲き乱れる大輪の芍薬の群れを、悄然《しょうぜん》と見ていた。

寸志御家人になってすぐ、善兵衛が配属されたのは、薬草人参《にんじん》方という部署だった。諸国物産取扱奉行支配の、四十俵取りで、薬用人参の種の売買が主な職務だった。

五十年前の宝暦《ほうれき》年間に城下の薬種問屋が、偽の薬用人参を高価で売り捌《さば》いた事件があった。それがキッカケで、藩は偽人参が出回るのを取り締まり、また、人参に限らず、薬草の吟味を行った。余所《よそ》の国の特産物の販売制限を始めたのもこの頃である。

役所は、城内西の竹の丸を見上げる備前《びぜん》堀の傍らにある。

担当目付《めつけ》は二人で、善兵衛たち御家人は八人いた。寸志御家人を組み入れるためにある役職のようなものだった。

普段は何もしない。ただ漢方薬草の処方箋《しょほうせん》の書物に目を通しているか、名君の誉《ほま》れ高い八代藩主重賢《しげかた》が作った、医学館にある薬草園の見回りをするかである。

善兵衛がこの役職を望んだのには、目的があった。薬草園に出入りすることによって、『御花奉行』というあだ名の、花にめっぽう詳しい目付に面識を作るためである。

二万坪の薬草園内には、『花屋敷』と呼ばれる藩主鑑賞用の草花や樹木を栽培している所があった。

「なんとしても、この中を見てみたい……」

と善兵衛は思っていた。どのような花が咲いているのか、その花々をどのように栽培しているのか。あらゆるノウハウを盗み出したいというのが、善兵衛の本音であった。

花屋敷には、二人の目付が交替で詰めていた。善兵衛は頻繁に通って顔見知りになったが、花の話をすることはあっても、花屋敷内を見学することは決して許されなかった。

そこには門外不出の花の苗が植えられているからだ。いわば、唯一無二の美しい花を栽培するための特許が隠されているのだ。藩主とその側近以外は、余程のことがない限り、立ち入り禁止だった。

「や、しかし、私も一度でいいから、どのような花が咲いているか見てみたい」

善兵衛は懸命に御花目付に迫った。

目付の名は尾形藤五郎《おがたとうごろう》といって、代々、小姓頭《こしょうがしら》の家系だったが、花好きが嵩《こう》じて、花屋敷勤務を希望した。小姓頭といえば、藩主の生活の面倒を見る御側仕えだ。それと同様、花屋敷詰めも最も信頼されている者であり、御花奉行と呼ばれるゆえんだ。

善兵衛は何度も足繁く尾形の詰所に通い続けて、目付の心を揺さぶる作戦に出た。そのために、夜を徹して、薄暗い油灯りの下で、『朝顔生写巻物《あさがおしょううつしまきもの》』や『養《よう》菊指南車《ぎくしなんしゃ》』などの草木学関係や種の交配の書物を熟読した。

肥後熊本では既に、五種類の花が、多くの人々によって改良され、自然と人工を融和した美が披露されていた。

五種類とは、椿《つばき》、芍薬、朝顔、菊、山茶花《さざんか》である。それぞれ美しく力強い花を咲かせて、見る者の心にまで華麗な花を咲かせてくれる。尾形はことに朝顔のしとやかさを愛《め》でていた。

好きなもので攻められると、人は思わず、口が軽くなる。善兵衛が様々な花にまつわる疑問を投げかけると、尾形は、少しずつ花の話をするようになり、やがては、自作の自慢をするようになった。

茶を飲みながら、長話を繰り返すうちに、

「中に入れることはできぬが、遠目にならば、見せてしんぜよう」

と尾形は許しを出した。その実、自分の交配した花を見せたいという思いもある。

花屋敷の一角に、火の見櫓《やぐら》のような木造の建物があった。そこには、常に数人の下役人が登っていて、不審者が侵入して来ないか、見張っているのである。

実際、他国の者が、門外不出の花苗を盗みに来たこともある。

「そこから、花畑を見るだけなら、よかろう。もっとも、見張り、という名目でな」

何にしても、見られるならば、それでよい。善兵衛は小躍りして、見張りの櫓に登った。

「――いやぁ、見事なもンたい……」

善兵衛はため息まじりに眺めた。

三河屋の寮の数十倍はあろう敷地に、今を盛りと、芍薬が咲き誇っている。赤、薄紅、白……絨毯《じゅうたん》を敷きつめたようなとは、このような均一美を言うのであろうか。

しかし、よく見ると、一つひとつ形や色や模様が微妙に違う。同じ芍薬でありながら、花びらの丸みや重なり具合が様々で、花弁の形状や色を楽しむように、

「いや、しかし……実にいろいろなものがあるとね？」

善兵衛が感心して見回すので、尾形は子供のように得意満面になった。

「これは自然にできたものではない。自分にしかできない手法で、色々な芍薬をかけあわせて、唯一無二の芍薬を作るのだ」

「唯一無二……」

「さよう。他では決して見られないものを、この花屋敷で作り、殿一人が楽しむのだ」

もちろん、好事家《こうずか》を集めて、品評会を開くこともある。その花のために、多額の金を使っている者が大勢いる。

（――それを見逃す手はない）

善兵衛は前々からそう考えていた。

商売先に出歩くたびに、床の間に飾られている菊や朝顔などを見せられた。たしかに美しいが、もっと驚いたのは、それらは何両もの値打ちがある――ということである。

短い日にちで枯れてしまう、たった一輪の花に、何両もの金子《きんす》をかける商人や武家が何と多いことか。絹布《けんぷ》は高級だからと買わない金持ちも、珍しい花には大枚を惜しまない。そのことの方が、善兵衛には新鮮だった。

（花は商売になる……）

善兵衛は確信していた。しかし、藩の法で、花の売買が禁止されているわけではないが、舅も言った通り、手塩にかけて栽培した唯一無二の花を売るのは、人徳を踏み外した行為だと思われていた。

花に値をつけるといっても、遊びであって、実際に売買の対象にはしていない。

しかし、好事家の間では、他人が咲かせた花で気に入ったものは、どうしても自分も咲かせてみたいと思うのが常だった。だが、なかなか作ることができない。

過熱状態が続くと、美しい花の発見者は、自分だけの苗床を門外不出の宝として、隠すことになる。そうなると、秘密の手法を盗み出そうとする。つまり、花作りの特許をスパイする者も出てくるわけだ。

そうしたプライドの競争こそが金になると直観した、善兵衛の根拠である。

特殊な花を作るのは、種《しゅ》のかけあい具合による。現代なら、染色体を調べた上で交配できるが、当時は経験を重ねるしかなかった。

むろん、交配がすべてではない。花苗を植えつける土壌、排水状態、日光の浴びせ方、肥料の与え方、栽培管理の仕方によって、微妙に変わってくる。

様々な要因が重なりあって、やっと出来上がった一輪の花が、ほとんど人目に触れることなく散っていくのは、どう考えても、もったいない話だと善兵衛は思っていた。

「そんなことで金になるなら……大勢の人々が潤うかもしれん」

貧しい者が花を作り、富める者が買う。これは裕福な者が施しをするも同じことではないか。そう思いながら、一年ほど過ごした善兵衛に大きなチャンスが訪れた。

三

文化十三年（一八一六）春、時の将軍徳川家斉《いえなり》から、諸国大名に通達があった。

将軍家斉も無類の花好きで、年に何度も、花の鑑賞会や品評会を開いていたという。

あるとき、家斉の御生母が重篤《じゅうとく》な病気になってしまった。御典医《ごてんい》も手の施しようがなく、後は死を待つのみとなった。

「最後に、御母堂が好きだった菖蒲《しょうぶ》の花を見せてやりたい」

それが家斉の息子としての、ささやかながら切なる願いだったが、御生母は起き上がることすらできない状態であった。

気をきかした御用人が、江戸城内の湿地に植えてある菖蒲を摘んで、大奥に届けようとしたが、芯がぐにゃりと曲がって、とても人に見せられる代物ではない。まして、元気のない人が見れば、心まで塞ぎそうなほど、へなへなになってしまう。

御用人は、町の花屋に花菖蒲を求めに出たが、花菖蒲を室内に飾るなどとは、まるで狂気の沙汰《さた》であった。湿地ではしっかり立っている菖蒲でも摘んだとたん、心棒の抜けた操り人形のように崩れてしまうのである。

御生母の容体が悪化するにつれ、家斉は老中を通して、生きのいい花菖蒲を届けるようにと、諸国の大名に打診した。

次々と大藩、小藩から、江戸屋敷を通じて、花菖蒲が届いた。

だが、それらは、どれもこれも、将軍家斉を満足させるものではなかった。江戸で調達したものより、品位が下で、芯がないも同然の花ばかりであった。

熊本藩に通達が来たのも例外ではない。

折しも、江戸藩邸には、藩主細川斉護《なりもり》が参勤交代で出向いていた。花の都熊本の威厳にかけても、立派な花菖蒲を持参せよと、藩主直々の下知が届いた。

御花奉行こと尾形藤五郎を通して、将軍家斉の望みを知った善兵衛は、早速、江戸に新種の花菖蒲を送り届けようと躍起になった。

(肥後に、立派な花菖蒲あり――そンことを天下に知らしめたら、花の商いば一手に引き受けることができったい)

だが、善兵衛のはやる思いとは裏腹に、尾形はぐったりと落ち込んでいた。

「殿も無理難題を言いつけるものよな。江戸で調達できない菖蒲の花を、肥後くんだりから届けられるわけがない」

「なんでです？」

と善兵衛は純朴な目を向けた。

「そりゃそうだろう。菖蒲は水の中で生きてるようなものだ。だからこそ、誰が摘んでも茎がぐにゃり曲がる。まして、咲いた花を江戸までなど……無理も無理だ。第一、菖蒲の花を座敷に置くということが無理なこと」

「ばってん、尾形様は朝顔がお好きで、色々な新種も作っとるが、そん朝顔は座敷ン中でもちゃんと咲いとっじゃなかですか」

「鉢植えだからだ」

「そんなら、菖蒲も鉢植えにすりゃよかこつたい」

菖蒲の鉢植え――。

考えてもみなかったことに、尾形は一瞬、きょとんとなったが、ぷっと吹き出した。

朝顔は草丈がせいぜい三十数センチで細い竹を支柱にして蔓《つる》が絡んでいるから、花の威勢を保っていられる。だが、菖蒲は一メートル近い高さになり、竹柱で支えることなどできない。

「生け花ではないぞ、善兵衛。菖蒲の鉢植えとは面白いが、できぬものはできぬな」

「――やっぱり、だめでっしょうか」

善兵衛は、寸志御家人になってから、密かに花菖蒲の栽培に着手していた。実家の近所には、菖蒲の花の自生群があり、初夏になると紫や白の花が咲き乱れていたから、善兵衛にはとっつき易い花だったのである。

しかし、手を出してみると、菖蒲ほど難儀な花はなかった。鑑賞のために鉢植えするのは無理だと、誰もが思っていたのは知っていた。

それゆえ、鉢植えができれば、人の目を引くに違いないと、善兵衛は思っていた。先達が残した栽培法を繰り返し研究し、それを巧みに自家薬籠中《じかやくろうちゅう》のものとして、密かに鉢植えの花苗を作り、培養を進めていたのだ。

直径八寸、深さ六寸ほどの瀬戸焼の大鉢に、昨年の開花直後に株の植え替えをしている。乾燥した泥土、山砂、赤土などを重ねた培養土に苗を浅植えにし、常に湿気を保って夏を迎えた。

発育が盛んになる夏から初秋にかけては、茎を強くするため、魚の骨や油粕《あぶらかす》に少し麹《こうじ》を混ぜて醗酵《はっこう》させた肥料を、お食い始めの赤ん坊を扱うように、丁寧に与えていった。

冬は肥料を与えなくてもよい代わりに、枯れ葉や灌木《かんぼく》を集めて、寒さから花苗を守ることに腐心しなければならない。さらに、春に芽吹いて、葉や茎が成長する間、メイチュウや芽切り虫などの害虫に犯されないよう、心細やかな観察が必要だった。

そうして、後は花を咲かせるだけの菖蒲が、善兵衛のもとには数十株あった。しかも、新品種ばかりだ。株合わせをした当人ですら、どのような花びらが咲くか、見当のつかないものだらけだ。

「どんな花が生まれてくるか……咲かせる茎ですら、知らんこったい」

善兵衛が菖蒲の鉢を見せると、尾形は長いため息をついて、目を細めた。

「いつの間に、こんなことを……」

そっと茎に触れてみて、「なかなか、強い芯だが、花が咲けばどうなるか、まだまだわからんな」

「はい。それは、わしにもわからんとです」

「呑気《のんき》な奴だ。ま、仮に花が咲いたとしてだ。どうやって、江戸に運ぶ。いくら芯が強くても、一月《ひとつき》もの旅に耐えられまい」

「いえ、咲く前に届けるとです」

「咲く前に？」

「はい。一月後に咲くように、旅の間中、花の面倒を見ながらね」

鉢植えの茎を江戸まで運び、丁度、将軍の御生母の前に届いたときに、花が開くようにすると善兵衛は言った。

「そのような芸当ができようか？」

「できるとです」

「まこと？」

「──花が咲くか咲かないか。こりゃ、一か八かの賭けたい」

善兵衛は自信満々の顔である。

「万が一、咲かなければ、わしは担当目付として腹を切るやもしれぬ。他人事だと思うて、軽々しく賭け事にするな」

尾形はそう言いながらも、善兵衛の鉢植えという妙案に、御花奉行の命運を賭けてみる気になった。

「しかし善兵衛。おぬしは寸志御家人になってまで、なにゆえ花作りにこだわるのだ？」

尾形は、善兵衛に本音を訊いた。

儲けたいからだ――。

と善兵衛が答えれば、尾形は、舅のように息巻くに違いない。花の虜《とりこ》になった者だけが理解する美学がある。その美学を非難すれば、今の部署をやめさせられると、善兵衛は判断していた。

「私も、花連の方々と同じ気持ちですたい」

善兵衛は嘘をついたが、尾形は信じたようで、朝顔栽培の知識を生かして、菖蒲の鉢植えに全霊を込めて手助けをしてくれた。

花が咲く前の鉢を持って、善兵衛が江戸へ向かったのは、梅雨に入ってからだった。

供は六人。茎鉢を五点持って、瀬戸内の船便を利用して、片道二十五日の長旅である。

女房のお春とも、しばらくの別れだ。

「道中では何が起こるかわからん。万が一のことがあっても、泣いてはならんぞ」

善兵衛はそう言ったが、将軍に花を届けるという仕事を理解できないお春は、

「花なら江戸にもあるだろうに、なんで、あんたが……」

と別れを惜しんだ。街道が整備されていたとはいえ、当時の長旅は、追《お》い剝《は》ぎ、殺し、病気など様々な危険をはらんでいた。

しかし、善兵衛の気懸《きが》かりは、菖蒲が着くまで、御生母の命が持つかどうかであった。

四

博多からの船旅を経て六日目の夜、琵琶湖《びわこ》畔、近江《おうみ》宿でのことだった。

旅籠《はたご》に着いて早々、善兵衛の部屋を訪ねて来る一人の侍がいた。濃い眉で怒り

肩のその男は、伊勢津藩《いせつ》三十二万石の薬事奉行、柿沼清右衛門《かきぬませいえもん》と名乗った。

兵庫湊《みなと》から一気に歩いて来た善兵衛は、旅の疲れで、不意の客を相手にする気分ではなかった。

しかも、隠密裡《おんみつり》に旅をしている、まったく無名の寸志御家人の善兵衛を名指しで訪ねて来るとは、尋常でない。

訝《いぶか》る善兵衛に、柿沼は言った。

「不躾《ぶしつけ》で恐縮でござるが、その花を我らに譲り、このまま、肥後へ帰って貰いたい」

言っている意味が、善兵衛にはわからなかった。鈍《にぶ》そうに首を傾げるのを、柿沼はなめてかかった目で見据えて続けた。

「ご存じかと思うが、手前共、伊勢津藩は代々、将軍家の御花指南役を承っておる」

江戸菖蒲に伊勢菖蒲――。

花菖蒲といえば、この二つが主流を占めていた。もちろん、鉢植えではない。

どこで聞き及んだのか知らないが、善兵衛が鉢植えの菖蒲を将軍に届けることを知っている他国の者を、まともに相手にしてはならない。険しい目をしている柿沼は、事あらば、刀に物を言わせる気迫だ。

「しょ、将軍家指南役か何か知らんばってん、しょ、菖蒲を譲って、帰れとは、お、穏やかではなかね」

善兵衛の声はひっくり返っていた。

「この通り、武士が恥を晒《さら》してお頼み申す。伊勢菖蒲の、いや、将軍家御花指南役の面目を保つため、その菖蒲をお譲り下され」

将軍家斉が要求している花菖蒲を届けることができない伊勢津藩は、東海道を通る諸国の花菖蒲を物色していたのであった。

「いや、鉢植えの菖蒲とは、これお見事。これならば、御生母様もお喜びになるに違いない」

さすがに鈍い善兵衛も、柿沼の無神経さには苛立《いらだ》ちを覚えていた。

「貴殿も、花を愛でる武士の一人なら、わ、我らが、ど、どのような苦労をして、ここまで来たか、わかろうが？」

「むろんだ。しかし……返答次第では、伊勢津藩と熊本藩の戦《いくさ》にもなりかねんぞ。たった一輪の花で、そこまでなってよろしいのか」

戦――という言葉に、善兵衛は胃袋あたりに冷たく重いものを感じた。

「で、できぬものは、できぬ！」

毅然と言ったつもりだが、善兵衛の声は震えていた。しかし、今度は、柿沼の方が俄《にわか》に弱腰になって姿勢を崩した。

「ただとは申しませぬ。ここに五十両ある。どうか、どうか、その鉢を、お譲り下されﾞ」

「何ば言うとかッ。手塩にかけた花ば売るとは、妻ば女郎にするも同じことぞ。断じて、譲るわけには参らん！」

「そこをなんとか……」

「むう……さ、三千両払うなら、売ってもよかばってん、無理だろう？」

三河屋の借金をいっぺんに返そうという欲が一瞬、よぎったのである。相手の鼻先から、気だるい吐息が吹いた。

「そんなばかな……」

「ばかにモノを頼むんじゃなか！　恥を知れ、恥を！」

善兵衛が声を荒らげたので、柿沼は一旦、引き上げたが、東海道をひたすらついて来ては、「菖蒲を譲ってくれ」「武士の面目を立てさせてくれ」と執拗《しつよう》に絡んできた。

終《しま》いには、なりふりかまわず、往来で両手をつき、額を地面にすりつけた。

（情けなか……侍とは、こんなに哀れなものなのか。人様の手柄ば、恥ずかしげもなく欲しがるとは、乞食より下たい）

善兵衛は、行く先々で顔を出す柿沼を、無視して旅を続けた。浜松を過ぎ、三島を過ぎ、箱根を目の前にした頃には、さすがに諦めたのか、姿を見せなくなった。

それにしても――。

長旅での花の手入れは難しい。善兵衛は細心を払ってきたつもりだが、持って来た五鉢のうち、四鉢の茎は完全に枯れ、まともなのは一鉢だけになっていた。

（やはり、鉢植えのまま運ぶのは、無理だったのか……）

善兵衛は気が滅入ったが、枯れた菖蒲には掌を合わせたい気持ちだった。

小田原の外れ、大磯《おおいそ》という漁村を通りかかったときのことである。

擦り切れた、継《つ》ぎ接《は》ぎだらけの着物をまとった子供が数人、路上で煎《い》り豆を売っていた。まだ年端《としは》もいかぬ子供ばかりで、一番小さいのは四歳くらいだろうか。

その子は片足を引きずっており、言葉も自由に喋ることができないようだ。それでも、懸命に声をあげている。

「まあめ、まめ。豆はいりゃんかァ。煎りたての豆ァ、いりゃんかねェ……」

誰も振り返る者はいない。

善兵衛が近くの商家の店先に立つ女将《おかみ》風の女に尋ねると、子供たちは、先年の大津波で両親も家も失ったため、近在の畑から大根や芋、豆類を盗んでは、煮たり焼いたりして、売っているという。

彼らのような子供は他にも何人もおり、漁場に行っては、網からこぼれ落ちた魚を拾い集め、それを売って飢えをしのいでいる。

「そりゃ、かわいそかねぇ。領主様は何も手を打たんのかね」

「もちろん、お救い小屋を作って、行き場のない子供たちを集めてるけど、どこもかしこも不作でなぁ。なかなか大変なんだ」

「そりゃ、ほんなこつ、かわいそか……」

いたいけな顔で、豆を買ってくれと声をあげている子供たちを見て、善兵衛はいつもの癖がじわじわと沸き上がってきた。手持ちには、小銭を集めても、一両二朱ほどの旅費しか残っていない。

(これで全部豆ば買うてやったところで、たいした救いにはならんなぁ)

としみじみと粒銀を眺めた。

商家の女将は、善兵衛が考えていることをなんとなく察して、

「下手《へた》な情けはやめなされ。恵んで貰った金で子供らが争うのは目に見えてるからね」

女将の言うことは一理あると思った。それでも善兵衛は見捨てておけぬ。助けてやらねばという思いが、胸の奥で疼《うず》いてしかたがなかった。

善兵衛の目が、供の者が抱えている菖蒲の鉢にとまった。

（――いかん。いかんばい。これは将軍様に届ける大切な最後の花。いかんばい）

心の中でそう呟いたが、善兵衛は供の者に、小田原城下に引き返すと言った。

訝って顔を見合わせる供の者たちに、

「かまわん。もうヤケクソたい」

とついさっきまで、善兵衛につきまとっていた伊勢の侍を探すように命じた。

小田原城下の街道で、柿沼の姿を見つけたのは、その日の昼過ぎだった。

柿沼は、善兵衛の花菖蒲を諦め切れず、やくざ者を金で雇って、奪い取る算段をしていたところであった。

そこへ善兵衛が現れたものだから、柿沼は熱い蒸《ふか》し芋を喉につめたように驚いた。

「柿沼殿でしたな」

「ウ、ウム……」

「そんなにこの花ば欲しいなら、譲ってやってもよか」

「ま、まことか！」

目を輝かせる柿沼へ、善兵衛は言った。

「但し、五十両、即金で貰うばい」

二つ返事で取り引きをした柿沼から、五十両を受け取った善兵衛は、別れを惜しんで、菖蒲を振り返った。柿沼は、鉢植えを赤子のように抱き抱えて、

「もう、返さぬぞ」

「――大切にな。後はよろしく……」

振り切るように駆け出した善兵衛は、その勢いのまま、五十両の大金を、親なしの豆売り小僧たちに届けた。

子供たちは喜びよりも、気持ち悪そうな目を善兵衛に向けた。よほど悪意のある仕打ちを受けてきたのであろう。子供たちの目には明るさがない。

「いいか、ぼうずたち。これだけの金があれば、みんなで四、五年は楽に暮らせるたい。その間に、まっとうな店に奉公するんだぞ」

そう諭して、善兵衛は東海道を下ったが、足取りは江戸に近づくにつれて重くなっていった。

「まいった……どう言い訳するかたい」

江戸藩邸には、一足先に尾形が行っているから、善兵衛の花菖蒲のことが、藩主に伝わっているはずだ。

花は途中ですべて枯れた――そう言うしかなか。実際、四鉢はだめになったもんな。

善兵衛は、白銀台町《しろがねだい》にある熊本藩中屋敷の尾形を訪ねて、用件だけを述べると、江戸見物もせずに、そそくさとバツが悪そうに帰途に就いた。

「せっかくのよか機会だったとに、アホなことしてしもうたばい。国へ帰って、舅や嫁の鼻チ明かしたろう思うてたばってん、すべて水の泡たいねえ……ま、しょんなか」

熊本の組屋敷に戻った善兵衛は、残りの鉢植えを丁寧に面倒みながら、無為に過ごしていた。また、いつかは、鉢植えの花菖蒲を、藩主に見て貰うことができると信じていた。

善兵衛が帰国してから十日ほどたって、尾形が藩主の知らせをもって、善兵衛のところに訪ねて来た。

「でかしたぞ、善兵衛」

尾形の第一声を、善兵衛はどういうことか意に介しかねた。

「何をきょとんとしておる。おまえの花菖蒲が、お殿様に認められたのだ。立派に、御生母様の前で、花が咲いたぞ」

淡い紫に粉雪が散り積もったような、清楚《せいそ》で気品のある花びらだったという。

「しかし、あれは……」

尾形は何も言うなと首を振って、

「おまえの供の者から聞いたことをすべて、殿に打ち明けた。困っている者を見て助けるは、武士として、いや人として当たり前の情といたく感動しておられた」

「はあ……しかし、将軍様に対して、熊本藩の手柄は何もなかばってん……」

「手柄がなんだ。花菖蒲は、伊勢の侍の手で将軍様に届けられた。その花を見て、御生母様も微かだが元気が戻ったと言うておった」

「手柄にならぬとも満足と……」

「そうよ。お前の花は、一石二鳥どころか三鳥じゃと、偉く褒めておった」

「……」

「伊勢の菖蒲侍の面子《めんつ》を立ててやり、困った子供を救うてやり、将軍御生母様の回復を助けた――これほど、めでたいことがあるか、と。さすが細川の殿様、お考えになることが違いますわい」

善兵衛の胸のつかえが、つるりと落ちた。

「話はまだあるぞ。将軍様の目も節穴ではない。伊勢侍が届けたものを、これぞ肥後菖蒲の新種と見抜いた。和紙のように薄い花びらと、淡い紫と白のまざったものは、伊勢の系統からは、たやすくできぬとな。しかも、その証拠が、鉢だ」

「鉢？」

「さよう。おまえが使った鉢の裏底には、我が藩の家紋九曜星が焼かれてあった」

知らなかったこととはいえ、善兵衛は、よかったと涙さえ出てきた。

「そこでじゃ善兵衛。伊勢侍は一時しのぎをしただけだ。花苗は我らの手にある。これからも、どんどんそれを育てて、肥後花菖蒲を天下に轟《とどろ》かせようではないか」

善兵衛はらんらんと目を輝かせて、尾形に膝をすり寄せた。

「はい。今までの椿、芍薬、菊、朝顔、山茶花……に菖蒲ば加えて、肥後六花——という銘柄で売り出してはどうでしょっか」

「肥後六花か……うむ、いい響きだ。これはいけるかもしれん」

藩代々に仕える絹問屋三河屋が花屋に変わったのは、それからすぐのことである。

鉢植え用の特殊な花苗を大量生産し、番頭染市の采配で、諸国へ販売したため、肥後に三河屋ありとまで言われるようになった。

それでも、金あげ侍、あほ侍と貶まれた善兵衛は、相も変わらず施しを続け、火事や地震で家を失った者や、親と死別した哀れな子供たちのために、お救い小屋を建てた。

まさしく花を愛でる武士《もののふ》の生き方だと、城中では評判だった。だが、借金は何とか返したものの、家業は大成したとは言えなかった。

「所詮は、寸志御家人なんぞになりたか男がするこつたい。金が入ったら、善人ぶって施し三昧。挙げ句の果てが貧乏暮らしの、スコタンよ」

と、人々は陰口を叩いた。

——ま、しょんなか。

善兵衛は人の噂などどこふく風である。

「ほんなこつ、あんたって人は……私の婿になったのも、見捨ておけんかったと？」

お春が、縁台に寝そべって善兵衛に、ふいに訊いた。善兵衛は鉢の菖蒲を見ながら、にこりと微笑《ほほえ》んで、

「——それは……言わぬが花たい」

庭先では、ボケがはじまった舅が、

「おお、珍しか花が咲いた！」

と叫んでいる。


（了）

ため息橋

一

（まこと、いつ見ても、ヴェネチアは江戸に似ている……）

水路の水際のすぐ上に、重厚な扉がある煉瓦《れんが》造りの民家を見渡しながら、梶井《かじい》周次郎《しゅうじろう》は黒塗りのゴンドラに揺られていた。

もちろん、江戸の家並《やな》みは木造であり、桟橋も丸太や板張りである。網の目となって広がっている掘割は、江戸町人になくてはならない交通手段であり、防火施設でもあった。水上都市ヴェネチアはもっと日常生活に密着しており、運河と水路は血流も同じである。

狭い水路に入ると、江戸よりもヴェネチアの方が暗いが、それは家屋が高くて日照が届きにくいせいである。江戸と同じような澄んだ水だ。周次郎は、鎌形に湾曲したゴンドラの船首にもたれながら、船縁《ふなべり》から手を差し出して、やわらかな水の感触を楽しんでいた。

周次郎が江戸を離れたのが、江戸大火のあった宝暦《ほうれき》十年（一七六〇）だから、もう十五年も前だ。二十歳過ぎの青年も、長年の旅暮らしのせいか、総髪にもめつきり白いものが目立つようになった。

(思えば遠くへ来たものだ。しかも、ちゃっかり生きてやがる)

故郷《ふるさと》が懐かしくないと言えば嘘になる。しかし、日本は鎖国の世だ。帰れば忽《たちま》ち死罪。もっとも鎖国でなくとも、周次郎を待つのは、死罪である。

(——帰りたくないッ)

周次郎が嫌なことを思い出したときである。

宮廷詩人タッソーの歌を朗々と張り上げていたニコの声が、ぷつり止まった。気持ち良く聞いていた周次郎が、はたと振り返ると、ニコがゴンドラを漕《こ》ぐ手も休めて、後ろを振り返っていた。

「ラ・スタートゥア先生(メディコ)……」

これが周次郎の呼び名である。ラ・スタートゥアとはイタリア語で『彫像』という意味だ。東洋人独特の硬い表情を見てのことだろう。親しみを込めて、診療所の手伝い女や患者たちに呼ばれていた。

周次郎は、サンタ・クローチュ地区の官立診療所の医者なのだ。往診には、ゴンドラを使うことが多い。

「彫像先生、また囚人が一人、牢獄へ連れてかれてるよ」

歯切れよいイタリア語で言うニコの彫りの深い目元に、悲しい色が浮かんだ。彼の目は、今しがたくぐり抜けた『ため息橋』を見上げている。

ため息橋とはいうものの、橋ではない。

裁判所から、水路を跨《また》いで、別棟の牢獄へ渡る通路である。そこには、わずかに水路を見下ろせるだけの小さな窓がある。終身刑や死刑を言い渡された罪人が、今生《こんじょう》の別れに、シャバの風景を見ることのできる最後の窓である。

水路には見慣れたゴンドラが何艘も行き交っており、遠くへ目をやると、サン・マルコ運河に、壮大な白亜のサン・ジョルジョ・マッジョーレ教会がくっきりと浮かんで見える。微かだが、暮らしにいそしむ人々の声も聞こえてくる。どんな極悪な罪人でも、この窓から世間を垣間見ると、後悔の念から深くて長いため息をつくという。それゆえ、ため息橋という名前がついたのである。

数分だけ眺めて、罪人は牢獄へ連れて行かれるはずだ。周次郎は、ため息橋をちらり見上げると、胸がつかえたように咳《せき》をしながら目を逸らした。

ニコは罪人を見上げたまま十字を切った。

「何をやったか知らないけど、どうして人ってやつは、やっちゃいけないことをしてしまうのかねえ」

「――そうだな」

周次郎は前を向いたまま、不愉快になったのを気づかれないように、優しく言った。

「急いで診療所に戻らないと、患者が待ってるんだ」

「そうでした！」

ニコは陽気な声で答えて、「この世の名残りに、俺の美しい声でも聞かせてやるか」

と腹の底から飛び出した美声が天に染み渡るように、晴々と歌いあげた。

振り返るつもりはなかったが、周次郎は思わず、ため息橋を見てしまった。窓に張りついて眺めている罪人が、突如、首をもたげて窓枠から消えた。

「……」

周次郎は、胃のあたりにズシリと重いものが広がっていく気がした。

ニコの歌は続く。

『若いっていいものだ　だけど花はすぐに散っちゃう　今のうちに楽しもう　明日は明日の風が吹く』

というような刹那《せつな》的な歌詞だ。

民家の二階や三階の窓から、次々と顔見知りの女たちが覗いて、歓迎の声をかけたり口笛を鳴らしたりした。ときには、赤ん坊が寝ているからと、怒られることもある。それでもニコは、泰然自若《たいぜんじじゃく》と歌いつづけた。

狭い水路から大運河に出ると、突然、視界が開ける。江戸で釣り舟に乗って、海に出たときと同じように、隘路《あいろ》では届かなかった太陽の光が眩《まぶ》しく照りつけるのである。

ラグーナ（潟《かた》）と呼ばれる浅瀬で、海水と淡水が混じり合った水域のせいか、江戸の浜のような魚臭さがまったくない。陽のあたり方が違うのであろう、甘い香水のような匂いが海面から湧《わ》き上がっている。

水上に建っている楼閣《ろうかく》のような石の建物が、見渡す限り広がり、アドリア海の女王と呼ばれた国際海洋王国だった頃の名残が漂っていた。

周次郎は初めてこの眺望に触れたとき、想像だにしていない異国の温もりを感じた。墨絵の世界に暮らしていた者が、突如、総天然色の国に来たように、目がまばゆかった。

十数年住み慣れてもまだ、時折、ハッとするほどの色彩に戸惑うときがある。それは風景ばかりではない。人の肌の色、髪の色、目の色。すべてが周次郎にとっては、不思議な存在だった。

しかし、この国の人々は、周次郎の黒い髪や黒い目を特殊なものだとは感じていない。それゆえ、医者の周次郎に、身も心も任せきっているのである。

周次郎の勤める診療所は、サンタ・マルゲリータ広場から、細い路地を何度も曲がりくねって、奥まった所にあった。

名門貴族ブラガディン家の使用人の寮だった所を、改良したのである。目の前には六階建ての宮殿のような屋敷がある。これも、その男爵の住まいだったらしいが、西暦一七七五年現在では、世界から来る旅人のホテルになっていた。

一度、大運河に出たゴンドラは再び水路に入って、診療所の裏手に着いた。

石段を登ると、ニコが声をかけた。

「先生。アリダに言ってくれたかい？」

アリダは、診療所で周次郎の手伝いをしている看護婦である。

「アリダに？　なんだったかな」

「まだ言ってないの？　今度、三人で一緒に謝肉祭に行こうって」

当時のヴェネチアは、貿易港としては衰退してきていたものの、世界一の歓楽街の様相を呈していた。博打《ばくち》と性風俗の町である。

半年は遊んで暮らすというほどの遊興三昧《ざんまい》の国柄であり、仮面舞踏会などでは、自由恋愛が横行していた。誰かはわからぬ相手と一時《ひととき》の快楽に耽《ふけ》るのである。貴族だけでなく、庶民の婦女も博打を楽しみ、アバンチュールを楽しんでいた。

ところが逆に、治安はよかった。江戸の町のように自治がしっかりしていただけではなく、政治弾圧が厳しかったからだ。その代わり、風俗の取り締りを甘くし、賭博場などを公認していたのである。

ニコはアリダに数度断られたので、周次郎をダシに使う気である。人当たりはよいが、相当な遊び人という噂《うわさ》の男だ。周次郎は曖昧《あいまい》に答えた。

「アリダに言うだけは、言っとくよ」

周次郎が手を振って診療所に入ると、薄暗い廊下に、十数人の患者が押しかけて来ていた。いずれも周次郎に比べれば、大木のようであった。周次郎も身の丈、五尺七寸。胸板は厚く、怒り肩で、若い頃に剣術で鍛えた腕や足はまだまだ衰えていない。

顔馴染《なじ》みの女が、周次郎の姿を見つけるなり、大声をあげた。鍵《かぎ》職人ジャンニの女房のリタである。

「どこで遊んでたのさ彫像先生！　うちの子の熱、ちっとも下がンないじゃないか。早く手当てしておくれよ」

早口で喋《しゃべ》られると、よく聞き取れないときがある。それでも周次郎は、彫像というあだ名とは逆に笑顔を絶やさず、落ちつくように諭して、子供を診療室へ連れて行った。

「ジャンニは仕事か？」

周次郎が訊《き》くと、女房は、当たり前じゃないかと憮然《ぶぜん》と答えた。

ジャンニは鍵職人としての腕もいいし、控えめな人柄も好感がもてるが、酒が玉に瑕《きず》だ。飲みすぎて喧嘩《けんか》をしては怪我《けが》をする。そのたびに、周次郎が手当てをしていた。

「子供が熱を出したのは、昨晩、釣りに連れ出したからだろ？」

「あら、先生、知ってたの？」

「無茶するなよ。子供の風邪は親のせいだ。気をつけてやれよ」

と、子供の喉を消毒していると、リタは亭主の悪口を言いだした。いつもの愚痴だ。若い女ができて、家を開けて困るという。

「そりゃ苦労だな。五人も子供を抱えてる、あんたの気持ちもわかってやらなきやな」

と周次郎は頷いて聞いてやる。患者の大半は病気や怪我よりも、愚痴や噂話をするために通っていた。心も躰《からだ》も健康な者が診療所に来たがるわけがない。どんな話でも周次郎は根気よく聞いていた。

子供たちにも人気があった。イタリア人医師は叱《しか》るが、周次郎は穏やかに接するせいだった。そんな自分が嫌になるときもあったが、異国で生きるには、しかたのないことだった。あるいは、ただ年を取ったためか。

患者たちが必ず訊くことがある。

「先生は、どうして、気が遠くなるくらい遠いジャッポーネから来たんだい？」

マルコ・ポーロを生んだこの国なのに、日本はまだ、黄金で埋まっていると思われている。徳川という権力者が鎖国政策を敷いており、ヴェネチアと違って、異国の船が港に出入りすることはないと話すと、誰もが不思議そうに聞いていた。

「日本はとても小さな国だから、広い世界を見てみたかったんだ。見聞を広げるために」

周次郎はそう説明することにしている。

本当のことは誰にも話すつもりはない。日本であったことは、どんなことがあっても、

（墓場まで持っていく）

そのつもりであった。

二

日が暮れると、街角《まちかど》からの切ない歌声や喧騒が、診療所に流れ込んでくる。他の医師や看護婦は帰宅しても、アリダだけは居残って、医療器具の洗浄や汚物の処理をしていた。

栗毛に金粉を散らしたような長い髪は、まだ十七の娘の甘い香りを発していた。幼い頃から、貧しい家で育って苦労してきたせいか、人が嫌がる仕事を進んでする。そんな彼女が周次郎はいとおしかった。

「あれほどニコが誘ってんだ。たまには、一緒に出て行ってやればどうだ？」

周次郎が言うと、アリダは口許をきゅっと歪《ゆが》めた。

「好みじゃないんです」

「はっきり言うな」

「あんな女たらし！　強引なだけで、誠意なんて、ちっともないんです」

「だけどな、アリダ。男というものはな、どんな遊び人でも、惚《ほ》れた女にだけは骨抜きになるんだよ」

「でも、それは初めだけでしょ？」

そう言うと、アリダは仕事の手を止めて、周次郎に微笑《ほほえ》みかけた。

「先生はどうなんです？」

「どうって？」

「女の人のことですよ。遠い国で、泣いている女の人がいるんじゃないの？」

周次郎の瞳に靄《もや》が広がった。アリダはそれを見て、口を閉ざした。人の心の中をすぐに察する性癖がアリダにはあった。幼い頃から孤児院暮らしだったから、人に自分がどう思われるのかと常に気にしているようだ。

「私の昔が気になるかね？」

「いいえ。先生がどんな人かは、一緒に仕事をしていればわかります。立派な人です。尊敬しています」

背中が痒《かゆ》くなるほど素直に言われても、恥ずかしくならないのは、言葉がイタリア語だからであろう。緑がかった瞳で見つめられると、周次郎は彼女を思いきり抱きしめたい思いに駆《か》られることもあった。

女としてではない。むしろ娘を愛《め》でるような気持ちである。もっとも周次郎には娘などいないから、本当の親心は知らないが、ただただ可愛いという思いである。

「先生……」

アリダは真顔を向けて、「もう二度と、ニコが私のことを好きだなんて言わないで下さい。他の男の人のこともです。私は……先生が……好きです。本当です」

周次郎は一瞬だけ呆気《あつけ》に取られたが、彼女の気持ちがわかっていないわけではなかった。何気ない仕種《しぐさ》で好意を察せないほど野暮天ではない。しかし、やはり年が離れすぎている。恋の対象ではなかった。もっとも、周次郎には、二度と女を愛するつもりはなかった。

「先生はどこか冷めている」

とアリダはよく言った。「でも、そこが私には魅力なんです。見て下さい。ヴェネチアの男たちを。みんなカサノバを気取ってる。私にはそう見える。人生を楽しむのは正しいことだけど、それが刹那的でいい、ということにはならないと思う。だって、世の中には苦しんでいる人々が大勢いるんだもの」

若いゆえに純粋な考えなのだろう。だが、アリダの意見はあたっている面がある。

風俗は乱れ、身分の高きも低きも一緒になって、仮面舞踏会と称して夜毎の性的な快楽を求める人々が溢れている。顔が見えないから大胆な行為ができる。出会い頭に悦楽に浸ることは、当たり前のことだった。

毎日のようなばか騒ぎには、周次郎は今でも戸惑うが、開放的で自由な空気は大好きだった。しかし、子供の頃から、ハレンチな雰囲気の中で暮らしてきたアリダにとっては、目を覆《おお》いたいほど嫌悪することなのかもしれない。

「先生は良識があって、決して乱れたりしない。それは東洋人の嗜《たしな》みなんですね」

アリダが言うのへ周次郎は笑って答える。

「私は取るに足らない人間だ。この世の中で最も必要でない人間かもしれん」

「そんな嘘、言わないで下さい」

「嘘じゃない」

「先生……私、先生が好きです。大好きです。「Ti amo……」

悩殺的で卑猥な声が、壊れかけた窓硝子《ガラス》から忍び込んできていた。じっと見つめるアリダの睫毛《まつげ》は水滴を弾くように、巻きあがっており、溜まった感情が溢れ出そうだった。周次郎は思わず目を伏せて、

「からかうのはよしなさい。私はもう三十八歳だ。十七の君とは釣り合わない。ニコは二十一だ。丁度いいじゃないか」

周次郎は決して惚《ほ》れてはいけないと思っていた。アリダのことは、医術を伝えるための弟子に過ぎないのだ。だが、日本娘にはない熱い眼差しに、図らずも蕩《とろ》けそうになったとき、表扉が激しく叩かれた。

「メディコ！　彫像先生！」

リタの声である。鍵職人の亭主がまた暴れたのだろうか。大酒飲みで、酒を飲めば大虎になる。どこの国にも、そうした気弱な人間はいるものだ。

周次郎は甘さと渋さが混合している葡萄酒《ぶどうしゅ》には、なかなか馴染まなかったが、慣れると美味《おいし》いもので、晩酌に欠かさない。しかし、酔いつぶれるほど飲める酒ではないと思っていたから、いつも呆《あき》れていた。

リタは酔いつぶれた亭主を連れ込むと、パックリ裂けた膝の傷口を見せた。係

留中の船舶《せんぱく》に飛び乗ろうとして、船縁から落下し、鎖止めにぶつかって怪我をしたらしい。

アリダが素早く消毒するのを横目で見ながら、周次郎は袖《そで》をたくし上げた。

三

Ti amo……と言ったアリダは、何事もなかったように診療所に通って来ていた。周次郎の方が意識をするほどだったが、いつもと変わらぬアリダの様子にほっとしていた。

毎日が自由と快楽の雰囲気の中で、風のように過ぎていく。医者という仕事は好きというほどでもないが、自分の性分にあっていると思う。侍をしていたときよりはずっといい。

しかし、江戸で開業していたときのように羽振りがよいわけではない。むしろ貧しいと言ってよい。気さくな人々に混じって、酒を飲むくらいの金があって、生き急ぐこともなく平凡に暮らしている。

周次郎はそんな暮らしに満足をしていたが、ふと脳裏をよぎるのは、いつまでもこのような暮らしが続くはずがない、という漠然とした不安だった。

（そうだ。私は……決して、幸せになってはいけない男なのだ……）

葡萄酒に酔い、夜の町中を歩いて、楽しいときに浸ると、必ずその思いが起こる。いつも誰かに追われているような恐怖なのか、どこへも行き場のない焦《あせ》りなのか。周次郎を捕らえて離さない重い錘《おもり》がある。

診療日誌をつけていると、すぐ近くの波止場から悲鳴と怒鳴り声が聞こえた。船員同志の喧嘩だろう。入り組んだ路地の家並みは反響も大きい。

その声が、周次郎を過去に導いた。遠い昔が、昨日のことのように生々しく蘇《よみがえ》った。

周次郎の家は代々、御家人であった。御目見《おめみえ》以下の幕府役人である。三男に生まれたから無役で、家督は継がず、他家に養子に出るはずであった。

しかし、いずれにせよ侍暮らしは堅苦しくて性に合わない。長兄は書物奉行の下で働いており、次兄は養子に出て、支配勘定として算術の才覚を認められていた。

周次郎は若気にまかせて旅から旅と、あてもなく暮らしていたが、立ち寄った長崎で、村田照庵《むらたしようあん》という町医者と出会ったのが、医術を学ぶきっかけである。

照庵はオランダ医術を極め、外科手術を得意としていた。

手先が器用な周次郎は、照庵の愛弟子《まなでし》となって、丸三年修行した。辛く厳しいものであったが、人を助けることに徹する医術に、周次郎はしだいに魅《ひ》かれていった。

江戸に帰ったのは、二十を過ぎていた。

貧乏御家人である。神田の小さな長屋で診療所を開いたが、設備が足りなくて、助かる患者も救えず、悔しい思いが募る日々が続いた。周次郎は考え方を変え、有名な商人との交際を広め、ある御用商人の主治医となり、手術の援助を受けた。

やがて、縁あってある小藩の藩医となり、江戸屋敷に詰めることになった。藩医でも町場で開業するのは勝手だから、箔《はく》が付いた周次郎の診療所は繁盛を極めた。

そうなると、まだ若い周次郎は、金に踊らされるハメに陥《おちい》る。医者の本分を忘れて、遊興《ゆうきょう》にうつつをぬかすようになったのである。芸者遊びや賭け事などはいつか飽きて、本来の人間に戻るはずだが、周りの者たちの影響もあろう、周次郎は医は仁術という言葉をすっかり忘れてしまった。

惚れ合った女もいた。しかし、周次郎のだらしなく遊ぶ姿に、女は離れていった。益々、周次郎は気持ちがすさんで、老親の諫《いさ》めも聞かず、勝手放題に明け暮れた。

(てめえの一生だ。好き勝手にした者の勝ちじゃ)

周りの商人を見て、周次郎はそう思うようになっていた。額に汗して働く者は損をして、横着する者だけが得をする。世の中はそうしたものだと思うようになった。

逆に、弱いはずの庶民だって、結局はてめえのことしか頭にない。薬料も貰わず一生懸命世話をした患者が、病気がすっかり治ってしまうと、通りで会っても知らん顔だ。

(世の中とはこんなものだ)

だから、高額を払う金持ち商人や大名だけを相手にするに限る。いつしか、周次郎はそう思うようになっていた。

周次郎はある大店《おおだな》の娘、お葉《よう》を嫁に貰った。周次郎にはもったいないくらいの器量良しで、さほど愛情はわかなかったが、世間並みの夫婦生活をした。

だが……その暮らしも長くは続かなかった。周次郎のどこに不満があったのか、お葉は屋敷出入りの植木職人と浮気をした。

お葉は、たった一度の過ちですと、ひたすら謝ったが、植木職人の方は本気だった。以前から顔見知りで、かなうものなら、お葉を妻にしたいと思っていたらしい。

さほど愛した妻ではない。周次郎は許そうと思った。本来なら武士の面目にかけて、浮気相手を斬るところだ。しかし、大小を捨てて医者になった者が、人を殺すわけにもいかぬと諦めた。

だが、妻の浮気は一度きりではなかった。

往診するたびに、人の噂が耳に飛び込んできた。

「梶井周次郎先生のお内儀は相当の淫乱とみえる。高貴なお人は、下賤《げせん》な者とまぐわってみたいと思うらしいが、あのお内儀も同じじゃねえのか？　いくら名医でも、あっちの方は、さぞやお粗末なんだろうよ」

そんな声を気にする周次郎ではなかった。人というものは、取るに足らないことを、ああだこうだと色をつけて話にする。悪意があるわけじゃなし、聞かぬふりをしていた。

しかし、噂は事実であった。

周次郎と祝言《しゅうげん》を挙げてから、わずか一年の間に、躰を交えた男は二十人を下らない。周次郎はお葉を責めたが、

「なら、殺せばいいじゃないですか」

と居直った。この女も周次郎を愛していたわけではない。名のある医者だから、家柄に相応《ふさわ》しいと結婚したに過ぎない。

「あなたにわたしを責めることなんてできないはずだよ。私のような器量のいい女を貰ったのは見栄《みえ》だろ？　お互い様じゃないさ」

女郎のように片膝立てて言うお葉の姿に、周次郎は思わずカッとなった。

「この売女《ばいた》！」

周次郎は脇差《わきざし》を抜くやいなや、お葉の眉間を叩き割っていた。

「そんなバカな……なんでさ……浮気くらい、何が悪いのさ……」

まるでそう叫んでいるような血走った目でお葉は周次郎に抱きついて爪を立てた。

浮気をしたのが許せないのではない。人をなめきったような、蓮《はす》っ葉《ぱ》な態度が許せなかったのだ。

「俺を誰だと思ってるンだ。いずれ将軍様の脈も取ろうかという名医だぞ。たか

が町人風情に愚弄《ぐろう》されてたまるか」

斬ってから、しまったと思ったが遅い。理由はどうであれ、妻殺しの罪は免れない。妻の浮気が証明されれば、あるいは、死罪にならないかもしれない。だが、浮気相手はどこの誰かもわからないのだ。仇討《あだう》ちもできない夫を、人々はまた面白がって噂するだろう。

(どうして、こんなことになってしまったんだ……。医術を学んで、人々の助けになりたかったんじゃないのか……)

周次郎はその夜のうちに屋敷を飛び出した。

持ち物は少しの着替えと、百両ほどの金だけだった。

内藤《ないとう》新宿から甲州、信州を渡り歩いて、京に出て一月《ひとつき》ほど過ごし、師匠のいる長崎に来たときは、江戸を出て半年が過ぎていた。若い頃から、旅には慣れている。苦痛は何ひとつなかった。妻を殺した罪の念も……。

長崎の師匠の家に転がり込んだのはいいが、既に公儀《こうぎ》町方《まちかた》の追手が来ており、周次郎が来れば長崎奉行に連絡することになっていた。しかし、師匠はよほどの事情があったのだろうと、周次郎を庇《かば》った。若い頃の希望に燃えた周次郎が忘れられないからである。

わずか半月ほどで、藩役人から疑いがかかった。周次郎は師匠に迷惑がかかってはならぬと、書き置きも残さずに、外国に売られる女たちを乗せた船にもぐり込み、二度と日本の土を踏まないと決心した。

（たいした決心じゃない。ただ逃げているだけではないか）

半月ほどの航海でマカオに着いた。異国に来たという感覚は乏《とぼ》しかった。わからない言葉の中に浸っていると、妙に安堵した。

マカオには悪徳商人のような面構えをした日本人がおり、長崎との交易に手を染めていた。高価な壺や織物を日本に届ける代わりに、銀貨や漆、油などを仕入れるついでに、生活苦で口減らしされた娘を連れて来るのだ。

日本の堺や長崎にもない活気を、周次郎は感じていた。しかし、言葉もできず働き口のない周次郎は、持ってきた百両もすっかりなくなると、こそ泥を働き、人を脅かして金や食い物を奪った。

どうせ、妻殺しの身だ。後は何をしようが、それに勝《すぐ》る罪はない、と思っていた。

そんなある日、イタリア人船員に銀皿を盗むところを偶然見られた。だが、その船員は盗んだことを承知の上で、

「それを私が買おう。その代わり、船で働いて貰う。若くて立派な躰をしてるからな」

と言った。盗みは大罪の国である。周次郎はイタリア人船員に従った。その男は敬虔《けいけん》なクリスチャンらしく、周次郎に情けをかけた上に、生きる活路を与えてくれたのである。

甲板掃除や荷物仕事など船員の仕事をしたのはわずかの期間で、船員の怪我を治したことから、船医同然の立場になった。

インドを経て、アフリカ南端を回って、ヨーロッパに着いたときは、五か月の月日が流れていた。

イタリア船員の紹介で、公共の医療施設で下働きの仕事が見つかった。周次郎は五か月の航海で、イタリア語をカタコトだが話せるようになっていた。

医療施設に入ってからも、周次郎は仕事と並行して語学の勉強に力を入れた。オランダ語の素養があったため、熟達するのに二年とかからなかった。

医師としての腕も評価されるようになってきたのは、ヴェネチアに来てから五年ほどたってからである。

(――これでいいのか……)

周次郎はまだ続いている喧騒の音を、窓辺に立って聞きながら、得体の知れない不安に取りつかれた。かさぶたのように胸の内側にへばりついている日本での出来事は、どう洗浄しても落とすことができない。

その一方で、

（もう罪はつぐなったではないか。十数年放浪し、少しは人様の助けになっているんだ。そんなに自分を責めなくともよい）

という内なる声も聞こえる。

周次郎は診療所の屋上に登った。

そこからは、港が一望に見渡せ、サン・ジョルジョ・マッジョーレ教会やサン・マルコ広場の鐘楼《しょうろう》の威容を堪能できる。薄い絹のようなキャンバスに、絵の具を流したような景色が漂っている。名残惜しそうに広がる淡く柔らかい光が、周次郎は好きだった。

（どうせ偽りだ――自分の罪は消えない）

灯《とも》りはじめた港の篝火《かがりび》に、静かな波の声が重なってきた。

四

何事もなく平穏な時が過ぎる。

日々の煩瑣《はんさ》な暮らしの中で、周次郎の気持ちはどこか落ち着きを取り戻し、日本を離れたときの寒々とした心は癒《い》えた。

四百年ほど前に大流行した天然痘《てんねんとう》が、またもやヨーロッパに広がる兆《きざ》しが見えた。世界中の船が立ち寄るヴェネチアでも、人々を虫けらのように殺していく恐ろしい流行病の話題でもちきりだった。

だが、街の灯は消えない。ヴェネチアはいつものように愉悦の時が流れていた。

周次郎は、湿気のある所で眠らないようにと、風邪の患者などに教えていた。その成果があったのか、流行病が広がることもなかった。病に罹《かか》った疑いがある者を、隔離《かくり》する対策を取ったことも効果があったのだろう。他国のように天然痘は広がらず、大した被害も出ないで終焉《しゅうえん》に向かっていた。

患者も減ってきたから、周次郎はアリダに誘われて、久しぶりにサン・マルコ広場の祭り騒ぎの中に出てみた。

ビザンチン様式の大聖堂の前にある広々とした広場で、平らな石が敷き詰められてあり、三方を大理石の建物が囲んでいる。

人々は様々な衣装を身に着け、色とりどりに化粧をし、仮面をつけていた。まるで世界の民族衣装の博覧会である。ヨーロッパだけではなく、南米や名も知らない国の衣装を着けている女性もいる。目立つのは、道化の姿をした男たちである。

変装すると年齢も性別もわからなくなる。そのせいで、不思議なほど大胆な行動ができるのだ。高名な学者や謹厳な裁判官でさえ、変装をすると好色漢のように、若い娘をゴンドラに連れ込むことが平気でできた。

周次郎はマントのような全身をくるんだ黒衣に、目だけくり抜いた真っ白な面をつけている。変装に凝らない者の多くは、大抵この姿である。

リドットと呼ばれる賭博場で遊んだ後、アリダは周次郎を路地裏のベンチに誘った。周次郎は頑なに拒絶をした。アリダは、先日、入港した船から買ったばかりのニューギニアの衣装を纏《まと》っている。白や赤の線が入った面をつけ、妖艶さとはまったく縁のない姿だが、周次郎の手を握る指先は熱く震えていた。

「先生は私を嫌いなの？」

アリダは耳元でささやく。周次郎は何も答えず、さりげなく手を振り払って離れた。

その腕を、群衆の中からヌッと出てきた細い腕が摑《つか》んだ。チロル地方の娘の恰好をしていたが、全く荒れていない白い指を見て、貴族の女だと察せられた。そう若くもない。毎日、患者と接しているのだ。皮膚の感覚や体温から、およその年齢は推察できる。

三十半ばであろうその女は、周次郎の手首をぐいと摑んで放さず、広場のドゥカーレ宮殿の中まで入っていく。階段を上ったところのロビーだけは開放されていたのだ。

周次郎は何度か振り返ったが、アリダの姿は仮装パーティーの集団に囲まれて、見えなくなっていた。

（まさか、やけで他の男と……）

周次郎は黒ずくめだが、衣装を剝《は》がれると、白人でないとわかってしまう。東洋人などほとんどいない場所柄だから、診療所の医師だとばれるのが嫌だった。

貴族女は周次郎をロビーの階段の脇にある小部屋に連れ込んだ。慣れている足取りだ。いつも、ここで楽しんでいるのだろうか。

女は小部屋の鍵も閉めず、敷きつめた絨毯《じゆうたん》の上に腰を落とし、周次郎を誘うように手を差し伸べた。しばらく女と躰を重ねていない周次郎は誘惑に負けそうになった。しかし、脳裏の片隅では、アリダのことが気になってしかたがなかった。気になりながら、誘われるままに、周次郎はベールの下から現れた豊満な肉体にむしゃぶりついた。

慌ただしい交情を済ませると、貴族女な喉の奥で笑うような声を出しながら、衣装を身に纏って逃げるように小部屋から出て行った。

取り残された周次郎はしばらく呆然《ぼうぜん》としていたが、不思議と罪の念はなかった。無様に投げ出した躰をゆっくり起こすと、早く喧騒の中に埋もれてしまいたくなった。

群衆の中にアリダを見つけることは、もはやできなかった。

（アリダも見知らぬ男と躰を交えているのだろうか……）

そう思うと胸に痛みが急激に走り、仮面扮装した人々に混じっていることが息苦しくなってきた。

診療所に戻った周次郎は、いつしか、アリダが早く来ればよいのにと思いながら、葡萄酒をあおっていた。渋みが躰の節々に染み込んでいくようだ。

グラスが進み、うとうと眠ってしまった。窓から忍び込む風にハッと目覚めると、診療所裏の水路が騒がしくなった。扉を開いて、数人が靴音を立てて入って来るようだ。

周次郎が起き上がったところへ、バンと扉を開いて入って来たのは、制服警官三人だった。一人は顔見知りだった。

「彫像先生。とんでもないことをしてくれましたね」

「何か？」

「ゴンドリエレのニコですよ」

アリダのことで彼が何かやったのかと、周次郎は不吉な思いをめぐらせた。

「ニコが殺されました。背中を刃物で刺されてね。その容疑が先生、あなたにかかっているのです」

周次郎は意外と平然としていた。自分は何もしていない。その自信があったからだ。ニコが殺されたという事実の方が衝撃だった。彼はいつも周次郎の往診の手伝いをしてくれていた男だ。彼の歌声を聞いているだけで、心が安らいだものだ。

「なぜ私がニコを殺さなければならないんだね？」

「アリダを争っていたでしょ？」

「そんなばかな……」

周次郎は首を振った。しかし、

「アリダを忙しく働かせているのは、いつも自分の側《そば》において置きたいからで、二人だけで逢いたいと申し込んでも、先生が許してくれなかった」

とニコは、人に話していたという。

周次郎は愕然《がくぜん》となった。ニコにそのように思われていたなど、夢にも思っていなかったからだ。積極的にアリダをニコに会わせなかったのは、彼女が拒んでいたからだ。

「でも、どうして、ニコが……」

「昨夜の謝肉祭の最中のことですよ。ニコが殺された路地から、あなたが逃げるのを見たという者が何人もいるんですよ」

「何人も!?　まさか、そのときは……」

タバルロという黒装束《しょうぞく》を着て、祭りを楽しんでいたと言ったが、警官は信じなかった。

「顔を隠したって、体型も肌の色も、あなたしか該当する者はいませんからな」

「違う！　私はそのとき……」

言いかけて、口が淀《よど》んだ。貴婦人と悦楽に浸っていたとは言えなかった。一度だけ触れた躰だとはいえ、特定する自信はある。しかし、それは祭りのルール違反であろう。周次郎が唇を噛《か》んで俯《うつむ》いたときである。

少し前から様子を見ていたらしいアリダが、警官に近づいて来て、

「絶対に先生じゃありません」

と毅然《きぜん》とした瞳を向けた。

「証明ができるかね？」

「できます。だって、私は、先生とアバンチュールを楽しんでいたんですもの。宮殿の小部屋の中で」

「……」

「そうですよね、先生」

周次郎は戸惑った。どこからか、アリダに見られていたのだ。

「好きあった者同士の証言じゃ、あてになりませんな。判事の所へ来て貰いましょう」

周次郎は一晩にわたって取り調べられたが、やってないの一点張りだった。判事だって陰で人に言えない乱交を楽しんだことがあるのだろう。どことなく、周次郎のアリバイに同情的だった。

しかし、周次郎が否定するまでもなく、真犯人が見つかった。

鍵職人のジャンニだった。凶器が鍵作りで使うヤスリだったことが決定的な裏付けとなった。

酒癖の悪いジャンニが公衆の前にニコ殺しとして引きずり出されたとき、人々の間に、周次郎に対するのとはまったく違った険悪な雰囲気が漂った。

「ジャンニだ。奴がやったに違いねえ！　酒で暴力を振るうのはいつものことだし、ジャンニは幾らか金を借りてたしな」

ジャンニとニコは、生真面目な職人と遊び人という性質の違いから、親しいとは言えなかったが、殺しあいに発展するほど不仲でもない。

（これは何かの間違いだ……）

周次郎の胸にジリジリと焦げるような痛みが広がった。

五

釈放された周次郎が診療所に戻ると、ジャンニの妻が押しかけて来た。十二歳の男の子を頭《かしら》に、五人の子供たちも引き連れている。

「お願いです先生、助けて下さい。まさか先生がやったなんて思えないけど、うちの人だって、人殺しをするような人間じゃない。それは先生だって、わかってるはずです」

「ああ、わかってるよ……」

周次郎はそう答えるしかなかった。

「じゃあ誰がやったんでしょうか？　私たちの力じゃどうしようもありません。先生、なんとか力を貸して下さい。先生しか頼る人がいないんです」

「――できるだけのことはするよ」

判事の取り調べは連日続いたが、犯人が探される節は何ひとつなかった。ジャンニが犯人だと決めつけられているのである。

ジャンニが本当にやったかどうか、周次郎には判断できない。女たらしのニコだって気はいい奴だったし、殺した犯人に周次郎の憎しみも日々増していった。

しかし、仮面祭りの最中にあった事件である。真犯人を見つけるのは困難だった。

「先生が犯人探しなんぞすることないよ。ジャンニは酔っぱらって覚えてないだけさ」

顔見知りたちは、そんなふうに言うだけだった。

裁判はわずか数日で結審し、ジャンニは死刑を宣告された。ジャンニの妻リタは、衝撃の余り、寝込んでしまった。

「ただの病ではないな……」

と周次郎は察知したが、周りの人間には黙っていた。長年の苦労疲れがいっぺんに訪れたのだろうか、日本で言う労咳《ろうがい》と癪《しやく》による激痛に苦しみ、終焉を迎えたはずの疾病《しつぺい》の症状も現れていた。

父親が捕らえられた意味もわからない子供たちが、ベッドで苦しむ母親に縋《すが》るのを懸命に引き離しながら、周次郎は鎮痛剤をリタに施した。一時のごまかしだ。回復はしないかもしれない。

子供たちは一度に両親を失ったも同然だ。腹を空かせた子供たちが、診療所でうろうろしている。その世話を甲斐甲斐しくしているのは、アリダ一人だった。夫が死刑囚になれば、幾ら自由な国でも、その家族には冷たいものだ。

ジャンニは自分はやっていないと、言い続けていた。一度は疑われた周次郎だ。彼の気持ちは痛いほどわかった。

(だが、もはや私には何もできない)

周次郎はジャンニが犯人とは思っていないが、助けるすべはないのだ。助けるとすれば真犯人を見つけるしかない。

(さもなくば……)

周次郎はがらんとした診察室で、ぼんやりと医療器具を弄《もてあそ》びながら、天井を仰いだ。アリダが心配そうな顔で側に寄ってきた。

「先生。ジャンニさんのことを考えても、もうしょうがないと思う。それより、残された子供の方を、なんとかしてあげないと……いつもの先生なら、そう言うでしょ?」

「ジャンニはやっていない」

「どうして、そんなことがわかるんです。あの人が酒乱だと知らない人はいないわ」

「君も他の人たちと同じなんだな。それだけで人殺しと疑ったりして」

「——お酒さえ入らなければ、悪い人じゃないとは思うし……ひょっとしたら、喧嘩っ早いニコの方が悪いかもしれないけど」

鐘楼の鐘が鳴り響きはじめたとき、周次郎はふいに胸苦しい思いに駆られた。処刑はあの鐘が鳴るときに執行されると聞いたことがある。

（もし、何もしていないのならば、そんなばかげた話はない）

居ても立ってもいられなくなった周次郎は、ドゥカーレ宮殿に足早に向かった。

「先生！」

不吉な予感がしたアリダも周次郎を追って飛び出した。祭り騒ぎが中断しているせいか、通りには籠車《かご》を牽《ひ》いた花売りがいるだけだ。

周次郎は宮殿の階段を一気に駆け上った。貴族女と戯れたロビーには、扉が閉じられて入れないようになっていた。祭り騒ぎが嘘だったように、毅然とした門衛《もんえい》が二人、直立している。

「判事さんにお取次ぎ下さい。ジャンニは人殺しなどしておりませぬ。ニコを殺してはいませぬ。どうか死刑を取り消して下さい！」

門衛は周次郎の言うことを黙って聞いていたが、

「裁判のことなら午後から来るがよい」

とすげなく追い返そうとした。だが、一刻の猶予《ゆうよ》もならない。今の裁判官は処断が早いという噂だ。午後まで待っているうちに、ニコの刑が執行されるかもしれない。

「いいから、判事に言え！」

周次郎は語気を強めて吐き出した。「ニコをやったのは私だ！　初めに警官が調べた通り、やったのはこの私だ！　それでも判事を呼ばないのか!?」

門衛の表情が俄《にわか》に変わり、一人が宮殿内に飛び込んで行った。

アリダは唖然《あぜん》と立ち尽くしていた。

「先生……」

やっと声を出すと、「嘘は、最大の罪ですよ。なぜ、そのようなことを言うんです」

「君こそ嘘つきだろ。この宮殿の小部屋で、私と何をしていたと言うのだ？」

「いたじゃないですか！」

「君とじゃない」

「あれは私です！」

「三十女だ。君とは躰つきも匂いも違うよ」

「いいえ、私です」

きっぱり言うアリダの緑の瞳に涙がたまるのを、周次郎は微笑んで見た。

「ありがとう。庇ってくれる気持ちはありがたいが……私は本当にニコを……」

「嘘！」

「本当だ……私は人殺しなんだ」

ずっしりと重く、周次郎は言った。その余りにも凄味のきいた声に、アリダはたじろいだ。

周次郎は日本語で言った。

「私は人殺しだ。庇うことなどないんだ。私はまこと、人殺しなんだからね。死罪になって当たり前なのだよ」

まるで言っている内容がわかっているかのようにアリダは首を振って、

「先生が人殺しだっていい。ずっと、私の側にいて下さい。いいえ、患者さんたち、みんなの側にいてやって下さい！」

「——私の代わりは幾らでもいるよ。でも、あの子たちにとって、ジャンニはただ一人の父親なんだ……私が死んだところで、誰一人困る者はおらんよ」

「いや！　先生にいなくなられたら困る……病人はどうなるの？　貧しい人たちは？」

「アリダ。君なら、みんなを幸せにできるよ、きっと。どうせ私は……死んだ人間も同然なんだよ」

「どういうことです⁉　先生みたいな立派な人はいません」

アリダは縋るような瞳をしたが、

「立派なんかじゃないよ」

とだけ言って、周次郎は佇《たたず》んでいた。

門衛に連れられて判事の部屋に通されたのは、そのすぐ後のことだった。

判事は犯行動機や凶器などについて、詳しく取り調べた。周次郎はジャンニの犯行に見せかけるために、彼の道具で刺したと供述した。凶器はニコのゴンドラの中に投げ捨てられてあったという。周次郎は現物を見て、自分が盗んだものだと供述した。

動機は、アリダにしつこく言い寄っていたためだと話した。特にアリダを守りたかった訳ではなく、ニコという男がどうも虫が好かなかったからだと言った。

ニコと周次郎が、アリダのことでやりとりしていたところは、何人もの近所の人々が見ている。仮装祭に混じって殺せば、ばれないと思っていたと、実《まこと》しやかに証言した。

周次郎のことを知っている人々は、無実を信じて疑わなかった。万が一、殺していたとしても非はニコにある。診療所での貢献を考慮すれば、周次郎は同情されるべきだと、大勢の人々が陳情した。

彼らの声は、拘置されている周次郎の耳にも届いたほどだった。五人組で連座して罪を問われる日本とは違って、人々の温かさが伝わってきた。

判事の判断で、ジャンニは釈放され、周次郎は法廷にかけられることになった。

裁判長を含む七人の判事が、重荘な半円の裁判官席から見下ろしていた。黒い法衣の十四の瞳は険しい光を放っている。

幾つかの質問が繰り返された後、裁判長が木槌《きづち》を叩いた。暗くて見えないほど高い天井に反響した音が、周次郎の耳をつんざいた。

「判決。死刑に処す」

簡単な判決理由を述べると、裁判官が見守る中、廷吏《ていり》に連れられて、裁判官席の奥にある小さな扉の前に立たされた。入廷時とは違う扉だ。

（もう戻れないんだな……）

周次郎の臓腑《ぞうふ》は、きつい蒸留酒をあおったときのように痺《しび》れる熱気が広がった。

奥の扉をくぐると、人ひとりがやっと通れるほどの狭い通路だった。真っ暗で、廷吏の龕灯《がんとう》でやっと薄汚れた壁が見えた。

しばらく行くと、鉄格子の扉があり、鍵を開けて少し広めの通路に出る。十数歩先に外からの光が差し込んでいた。

窓明かりだった。鉄格子が重ねられているが、半透明の美しいヴェネチア硝子を嵌《は》め込んだ小窓だ。

「ここから先は、牢獄だ」

廷吏が言うと、

「ああ、これがため息橋の中なんですね」

と周次郎は感慨深げに答えた。

「最後だから、好きなだけ表を見なさい」

教誨師《きようかいし》のように廷吏が周次郎の背中を押したが、どうも見る気にはなれなかった。

「結構です。未練のない世の中ですから」

そう言って、周次郎は先にある牢獄へ足を進めようとした。

「……」
二、三歩歩いたとき、周次郎は、ゴンドラの漕ぐ音に足を止めた。
「――やはり、見ていいですか？」

廷吏はこくりと頷いて、小窓の前に周次郎を立たせた。

そっと窓に顔を近づけた周次郎の目に、通路の下を通るゴンドラが見えた。野菜や肉を積んだ舟だ。すれ違い様に、舟上の人たちが景気のよい声を上げている。

ゴンドラの行く先、建物と建物の細い間からは、波止場が見渡せる。いつもと変わらぬ風景が、ごった煮のような喧騒とともに、周次郎の目に飛び込んできた。

「今日は天気がいい」

廷吏がぽつり言った。波止場の先には、エメラルド色の大運河が少しだけ見え、遠くにはサン・ジョルジョ・マッジョーレ教会の外壁も見える。

（とうに死んでるべき人間が、ここで暮らせただけで、幸せだった……）

そう思いながら、目を戻そうとしたとき、ため息橋のすぐ下に停まっているゴンドラの中に、アリダの姿が見えた。アリダは無表情のまま、窓を見上げている。

「――アリダ……」

周次郎は長く深いため息をつくと、鉄格子にしがみつきたい衝動を押さえて、窓辺から離れた。

「もう、いいのか？」

廷吏は眉をひそめたが、周次郎は決然と言った。

「はい。ヴェネチアの人々は本当に温かかった。生き甲斐を与えてくれた。けれど、それゆえ余計、私は長年苦しんできた。でも、遠い異国とはいえ、処刑されることになり……これで、よかったのでしょう」

自ら牢獄へ向かう周次郎に、廷吏は首を傾げながら、付き添った。

（了）

もののけ同心

一

いきなり氷雨《ひさめ》が落ちてきた。

両国橋《りょうごくばし》東詰《ひがしづめ》は回向院《えこういん》があるためか、西詰ほどの賑やかさはなく、冬支度にいそしむ人々が俄《にわか》に降り出した雨を避けるように、茶店や大店《おおだな》の軒下に駆《か》け込んだ。

狭い路地に入った所に、わずか一坪程しかない葦簀《よしず》張りの小屋があって、そこにはうら若い女占い師が濡れるのも構わず座ったたままだった。これが運命《さだめ》とばかりに、じっと動かないので、まるで人形のようだった。まさに人形のように整った顔だちで、大きな花柄の派手な着物だった。

通りすがる人々は、ほんの一瞬だけ、

――おや？

と見るものの、大概はそのまま通り過ごした。女の方も微動だにしないので、菊人形でも飾っているのかと思うのであろうか。本来、この女占い師は人気があって、ふだんならば長い列ができているのだが、やはり年の瀬であろう、慌ただしく人々は往来《いきき》するだけであった。

そんな中に、どこぞの出合茶屋《であいぢゃや》ででも過ごしたのであろうか。人目をさけるように肩を寄せて、手拭《てぬぐ》いで頭を覆《おお》って行き過ぎる男女がいた。

「ちょいと……」

占い師が思わず声をかけると、振り返ったのは女の方だった。髪型や着飾った様子から、大店の娘のようだ。男は商家の番頭風で、娘よりも一回りほど年上である。一瞬、怯《おび》えたような様子の番頭風の態度から、不義密通の匂いがした。

構わず手を引いて先を急ぐ様子の男に、女占い師はもう一度、声をかけた。

「娘さんじゃありません。あなたですよ……旦那さん」

あえて旦那さんと気遣って言ったが、男は露骨な顔を向けて、街角《まちかど》の占い師が何用だとばかりに睨《にら》み返してきた。

「旦那さん……あなた、誰かに狙われてますよ。気をつけた方がよいです」

女占い師は露骨な言い方でそう助言したが、番頭風は鼻で笑って相手にしない。娘の手をもう一度握りしめると、すぐさま立ち去ろうとした。

「本当です、旦那さん。あなたは何か恐ろしい事に巻き込まれます。絶対に、一人にならないようにして下さいましね」

「黙れ、クソ女ッ」

「！……」

「おまえ、誰に頼まれて俺たちのことを……」

監視しているのだとでも言いたげに口元を歪《ゆが》めると、番頭風はさらに急ぎ足になって表通りまで逃げるように駆け出した。

途端、雨足が強くなった。

ふと路地の向こうを見やると、真っ赤な傘をさして、地味で薄汚れた道行《みちゆき》をまとうように立っている女がいた。涼しい目で、番頭風を目で追っていた。

――あの女は人間ではない。

女占い師はすぐに感じて腰を浮かせた。一歩、歩み寄ろうとすると、その女は占い師の方をちらりと見るなり、すうっと煙のように消えた。

翌朝――。

隅田川の水面がきらきらと燦《きら》めくほど、晴れやかな天気になっていた。ふだんどおり、橋や通りは出商《であきな》いの人々や大八車が溢《あふ》れ、川には櫓《ろ》の音が溢れていた。

ただ、神田川が柳橋から隅田川に流れ出たあたりの土手だけは、いつもと違って、不穏な空気が漂っていた。

北町奉行所定町廻《じょうまちまわ》りの同心、乾藤十郎《いぬいとうじゅうろう》は、殺しの報《しら》せを受けて急いだ。

藤十郎は、北町奉行所の優秀な若手同心である。学問所では本草学や天文学を修めた変わり種であり、事件も理詰めで解決していく同心で、その技量は極めて正確だった。

土左衛門《どざえもん》が上がった所には、他の北町同心や岡っ引、さらには小石川養生所医師も来ており、現場の検分と探索が始まっていた。

「また大店の番頭か……紙問屋高橋《たかはし》屋の文兵衛《ぶんべえ》、奉公して二十年の二番番頭だ」

と筆頭同心の三田村主水《みたむらもんど》が言うと、藤十郎は曖昧《あいまい》に頷《うなず》いた。

「二番ですか……」

「高橋屋は江戸で屈指の大店だ。番頭は五人もいるらしい」

「へえ」

「文兵衛はまもなく惣《そう》番頭になれるという噂《うわさ》があったのだが……こんなことになっちまってはなあ……」

同情とも憐憫《れんびん》とも取れる声を三田村が洩《も》らすと、土左衛門にかけられてあった莚《むしろ》を取った藤十郎は凝然《ぎょうぜん》となった。

そこに倒れていたのは、皺《しわ》だらけの百歳を越えたような老体だったからだ。

「これは……!?」

驚愕《きょうがく》する藤十郎に、三田村はもう何度も見慣れているという顔つきで、

「知らんのか。このところ、吾妻《あずま》橋、新大橋、永代橋、そして、この両国橋近くで立て続けに殺しがあったばかりだ。いずれも、ぐさりと心の臓を刺されたものだが……見てのとおり、不思議なことに、どの遺体も百歳くらいに老化した、皺くちゃな体なのだ」

藤十郎はもう一度、まじまじと亡骸《なきがら》を覗《のぞ》き込んだが、思わず胸が痞《つか》えて、吐き出しそうになった。ぐっと我慢をする顔を三田村は迷惑そうに見やって、

「ふん。これくらいで気持ち悪がるとは、頭がよすぎるお坊ちゃんは、やはり定町廻りには向いてないんじゃねえか?」

「……」

「初めは、年寄りの自害かと思われたがな、皺くちゃなのは顔だけで、手足や他の体はまだ壮年だ……だから、持っていた財布の中にあった手形やお守りなどから、高橋屋の文兵衛に間違いあるまいと相成ったのだ」

「そうなのですか……」

藤十郎は頷かざるを得なかった。

――殺された死体が急激に老けた状態になる。

という前例はある。所謂《いわゆる》、現代で言う〝ミイラ現象〟といって非常に早い速度で皮膚が乾燥する特殊な死体状態のことだ。その逆が、屍《し》ろう状態で、湿度の高い所では、体内の脂肪が急激に固形化するのである。あるいは、死に対する強烈な恐怖のために、髪が白くなり、皮膚が衰えるという場合もなくはない。

いずれにせよ……この異様な現象は、大きな謎のままだった。だが、死体がどうなろうと、殺しと判断された限り、町方としては探索をして、下手人を探し出さねばならない。

北町奉行所定町廻り方では、同じ下手人による変質的な殺しとみていた。南町とも合議しながら、他の事件との関連も調べるべく、特別な探索を始めたばかりであった。

被害者は――

油問屋・杉野屋治兵衛《すぎのやじへえ》。

札差《ふださし》・越前屋吉右衛門《えちぜんやきちえもん》。

材木問屋・尾張屋伝右衛門《おわりやでんえもん》。

そして、今回の高橋屋文兵衛。

今のところ、各人の繋がりはまったくない。それゆえ、〝無差別の猟奇的な犯行〟だと思われていた。

同心や岡っ引たちは、変質者、通り魔の探索を中心に、遺留品探しや、足取りの探索、怨恨《えんこん》や類似の手口を調べ尽くした。いずれも根気のいる御用であった。

事件の概要から本質まで、理詰めで色々と考えるのは得意な藤十郎だったが、岡っ引と一緒になって雪駄《せった》の鼻緒が何度も切れるほど、江戸市中を歩き廻るのは苦手だった。

そんな時、両国橋東詰にある自身番の番人が、妙なことを言った女がいると藤十郎に近づいて囁《ささや》いた。

「昨夜、遅くのことです。紙問屋高橋屋の番頭が殺されるかもしれないって、駆け込んで来た女がいるんですよ」

「女……？」

「へえ。まだ二十歳そこその女だと思いますが」

「それは、どこの誰だい」

「えっと、その時には名乗らなかったンですがね。後で思い出しやした。その女、そこの路地に入った所で、時々……」

辻占いをしている女だと断じた。

「たしかか？」

「へえ。あっしも一度だけ見て貰ったことがあるんで、忘れやしやせん。ここのところ女房に逃げられたり運が悪いンで、へえ……いや、あっしのことはどうでもいいんですがね、たしかにその女が、紙問屋高橋屋の文兵衛が危ないって必死に訴えてやした」

あまりにも切羽詰まった様子が気持ち悪いくらいだったという。その女は〝両国の月姫《つきひめ》〟と名乗って、よくオバケが見えるだの幽霊がいるだのと言う、頭がおかしい奴なので、無視していたという。ところが、本当になったので番人は驚いたのだ。

「その女……どうも臭いな」

藤十郎は得も言われぬ不安に駆《か》られた。

二

人気の辻占いだけに、女占い師の住まいはすぐに分かった。竪川《たてかわ》の二ツ目之橋近くにある裏店《うらだな》で、どこにでもある風情だった。

「両国の月姫だね」

木戸口をぐった藤十郎が、一番手前の部屋の表に出て来たばかりの女に声をかけた。木戸口に最も近い所は大概、家主とか雇われた大家が住んでいる。

「ええ、そうですが……あなたは？」

「北町の乾藤十郎という者だ」

聞かなくても町方同心であることはすぐにでも分かる。小銀杏《こいちょう》に黒羽織をちょいとはしょり、十手《じって》を帯に差している。これまた当たり前の格好であるが、すらりと背の高い藤十郎を小柄な女は大仰《おおぎょう》に見上げた。

「ああ、もしかして、高橋屋の番頭さんのことで聞き込みにでも？」

「分かっているなら話が早いな。月姫さんとやら、おまえさん、文兵衛が殺されるってことを、自身番に届けたらしいが、どうして、そんなことが分かったんだい」

「え？」

「……え、じゃないよ。どうなのだ？」

「たしかに、お伝えしましたが……やっぱり殺されたようですね」

「そのことも知ってるのかい」

「ええ。旦那の顔に書かれてますから」

「からかうなよ。こっちは真面目に話を聞きに来てるのだ」

苦々しい顔になった藤十郎は、月姫をじっと睨みつけて、

「おまえだって怪しまれているのだぞ。何処《どこ》の誰兵衛《だれべえ》が殺されることを予《あらかじ》め知っていたなんて、面妖《めんよう》な話だからな」

「そうですか？」

「――どうして分かったのだ、篤《とく》と分かるように話して貰おうか」

と藤十郎は半ば強引に部屋に押し入って、上がり框《がまち》に腰掛けた。月姫は特段、近所の目を気にしている様子はなかったが、扉をサッと閉めて声をひそめた。

「乾さんでしたね……もしかして旦那は、北町奉行所同心というのは仮の姿で、〝もののけ奉行〟のお方ではありませんか？」

「もののけ奉行？」

「はい。本当は百鬼《ひやっき》奉行というそうですが、闇に潜む鬼夜叉《おにやしゃ》やもののけなどを、人の世からすべて消し去るという……」

「待て。おまえの言っていることはサッパリ分からぬ。頭がおかしいのか？」

「いいえ。おかしくなどありませぬ。現に……」

と藤十郎の背中の方を指して凝視し、

「あなたには立派なもののけが一緒においででございます」

思わず振り返ったが、藤十郎の目には何も映っていない。

「誰もおらぬではないか。からかうな」

「私には見えます。あなたもまた、この世で迷っている人の霊魂を鎮《しず》めるために生まれて来たのですね」

「何を訳の分からぬことを」

「隠さなくても結構です。私も実は……」

言いかけて、月姫は口をつぐんだ。

「実はなんだ」

「いいえ、なんでもありませぬ」

「勿体《もったい》ばかりつけおってからに……よいか、俺はおまえの戯言《ざれごと》を聞きに来たのではない。文兵衛という番頭を殺した下手人を探すために……」

月姫は目を閉じて、制するように藤十郎の口元に手をかざした。

「その仏は……どこか変わったところはありませんでしたか？　たとえば……」

「顔が皺くちゃだった。かなりの老人のようにな」

「やはり……かなり強い怨みがあるようですね、その文兵衛を殺した者には」

「怨み……」

藤十郎が奇異な目を向けると、月姫は淡々と話し続けた。

路地で不義密通と思われる男女を見かけたときに、

――ああ、この男は何者かに殺される。

と察したので注意を促したが、男は聞く耳を持たず、そのまま女を連れて立ち去った。だが、月姫はどうしても気になって、その男を尾《つ》けた。すると、日本橋の紙問屋高橋屋の二番番頭、文兵衛だと分かった。だから、月姫は居ても立ってもいられなくなり、自身番に報せたのだ。殺されるかもしれないから、守ってやれと。

しかし、それこそ戯言にしか受け取られなかった。

「だから、死んだというのか……では、月姫とやら。おまえは誰が殺したと言うのだ」

「女を見たのです」

「――女……？」

「ええ。年の頃は、二十半ば。細面《ほそおもて》で、あまり豊かな感じではなかった……どことなく暗い顔つきだったのは、やはり何か心に病んでいるものがあるからです」

「……」

「あ、そうだ。瘦《や》せていた割りには、下っ腹がえらく大きかったような気が……もしかしたら、お腹が大きかったのかもしれない」

「その女が何処の誰か知っているのか」

「分かってたら、すぐにでも連れて行ってあげますよ。この辺りでは見たことのない顔だった……ああ、これでも辻占いをしてますからね。一度、見た顔は忘れないんですよ。もっとも、もうこの世の女じゃないけど」

「ん、どういう意味だ」

「死んで、成仏できていない女です」

「……」

「その女、私を見て、すうっといなくなりましたがね。高橋屋文兵衛のことを怨んでる、そう感じたんですよ」

「つまり、文兵衛を憎んでる女が、死にきれずにいて殺した、とでも言うのか」

「その通りです。やはり、旦那は〝もののけ奉行〟の手下なんですねえ」

と薄ら笑いを浮かべて言った。

「いい加減にせぬか。さっきから訳の分からぬことばかりを……」

「〝もののけ奉行〟は、鳥山石燕《とりやませきえん》という御方が、田沼《たぬま》様……田沼意次《おきつぐ》様直々に命じられて置かれている役職なんですよ。もっとも、御庭番《おにわばん》や目付《めつけ》のように隠密《おんみつ》で動いていることの方が多いから、ふつうの人には分かりませんがね」

普段は目付として働きながら、町方では解決の出来ない不可思議な出来事があれば、ぞろぞろと独自の探索を始めるというのだ。まさに闇夜の中を歩き回る〝百鬼〟の如《ごと》くなので、百鬼奉行所と呼ばれているらしい。

「鳥山石燕とは……あのおどろおどろしい妖怪や幽霊ばかりを描いていたというあの？」

「そうです。でも、元々は美人画の絵師だってことをご存知ですか？」

「そうなのか？」

「はい。恋川春町《こいかわはるまち》や喜多川歌麿《きたがわうたまろ》などは、鳥山様の弟子なんですよ」

藤十郎のまったく知らないことだった。美人画と幽霊はどうも結びつかない。晩年になって、突如、恐い絵ばかりを描くようになった。周囲の者は変人扱いしていたが、月姫に言わせると悲しい訳があるという。

「どうしてなのだ……」

身を乗り出す藤十郎に、月姫はまるで自分のことのように辛そうな顔になって、

「奥さんと子供が突然の事故で亡くなったそうなんです。そしたら、ふつうの人には見えない霊が見えるようになったとか……」

この世の中に未練を残した霊魂や人間に生まれなかった妖怪の悲劇。そんな悲しい心を持つ〝異端児〟の心を癒すために、石燕は絵を描いたのである。そして、歪んだ幽霊の心や、哀れな妖怪の心を、純真に戻すことが、己の絵師としての生涯の使命になったという。

その石燕が、田沼意次に〝百鬼奉行〟の頭領《とうりょう》に命じられたのは、霊感が強く、誰にも見えない妖怪や幽霊の姿を、手にとって見ることができるからだ。

そして、配下には、石燕ほどではないが、霊感の優れた有能な御家人が集められている。妖怪と話すことができる者。幽霊の姿を見ることができる者。妖怪よりも強い霊力を持つ者。怨霊を鎮めることができる祈禱師《きとうし》などがいるらしいが、月姫は会ったことはないという。

「幽霊や妖怪はときに、魔物や鬼夜叉のように変貌して、何の罪もない人間に祟《たた》

ったり、とりついたりするんです。ですから、〝もののけ奉行〟たちは、そんな妖怪退治をするという重い任務を背負っているのです」

「退治……」

「とはいっても、闇から闇に葬るのではありませんよ。彼らの怨みを代わりに晴らしてやったり、彼らに害を加えた者を心底から反省させたりする。そんな〝お役目〟なのです」

「ふむ。よくもそこまで作り話をして……俺も随分とバカにされたものだな」

「バカになんかしてません」

「いいか」

藤十郎は冷静な目で諭《さと》すように言った。

「俺は天文学や医学を学び、物の理《ことわり》というものを極めようとした。むろん、この世の中は分からないことだらけだ。何故に、この心の臓が動いているか、この大空の遙か向こうに何があるのか、ちっぽけな俺たちには分からぬ。だが、神か仏かは知らぬが、大きな力が俺たちを生かしていることはたしかだ。それは、織物が縦糸と横糸が乱れず重なっているように、きちんとわずかのズレもなく出来上がっているのだ」

「はあ……」

「だから、不思議な現象があっても、それは自然が起こしていることであって、決して、オバケの類《たぐい》がやっているのではない。不知火《しらぬい》だって、陽炎《かげろう》だって、すべては理があるのだからな」

「じゃあ、旦那。心は何処にあるんです？」

「心……？」

「ええ。旦那の言うように、頭も心の臓も、ただ神仏に生かされているだけのものなら、一体、何処にあるんです」

「それは……」

「何処にもないんですか？　生きているときには、私は私の中にあって、死んでしまうと何処にあるんですか？」

「死んだら……ないさ。何もかもない」

「嘘。だったら、生きてるときには、何処にあるんですか、旦那は旦那の何処にいるんですか？」

「だから、死ねば、何処にもないさ」

「てことは、生きているときは、何処かにあるわけでしょ？　私の体がなくなったら、魂はどこかに行くはずでしょ」

「魂なんか、ないよ」

「だったら、旦那はどうして、そこにいるんです？　下手人が見つからずに腹が立っている旦那や、誰かに袖《そで》にされて悲しい旦那は、誰なんです？」

「いや、そういう意味ではなくてだな……幽霊とか霊魂とか、そういうのは……」

「ないんですか？　でも、生きているときはあったんですよね？　それは、何処へ行ったんですか？」

「それは……浄土であろう」

「ほらッ」

月姫は笑って、つんと藤十郎の胸をつついて、

「霊魂はあるから、浄土に行くんです。でもって、行き損ねて、うろうろしている者たちは、この辺りにいるんです」

「だからと言って、人の形をしている訳があるまい」

「それは霊魂の方が、生きている私たちに分かるように映してくれているんです、頭の中に。そして、それを感じやすい人には、見ることができるんですよ、

旦那」

屈託なく言う月姫を見ていると、藤十郎はもう反論する気にもならなかった。もちろん、胡散臭《うさん》いとは思っていたから、文兵衛との関わりだけを聞いたが、それもなく、ただ……。

――殺されると直感したのは本当だ。

とだけ答えた。その根拠はなんだという藤十郎の問いかけには、「霊感よ」と言うだけであった。

「霊感だの、占いだの……ばかばかしい」

「ばかばかしくありません。私はこれでも、鳥山石燕様の配下にいた、神乃戸玄《かんのとげん》済《さい》の娘なんですよ。あなたは知らないでしょうけど」

「なんだ、そりゃ」

ますます怪しいと思った藤十郎だったが、いつの間にかついて来ていて背後にいた、藤十郎配下の岡っ引の萬蔵《まんぞう》は、月姫の父親が『神乃戸玄済』だという名を聞くなり、俄に忌《い》み嫌った顔になって、

「関わらない方がいい」

と促した。そう言われると余計に気になる藤十郎だが、文兵衛とは目撃者とい

う以外に特別な関係はないと判明し、月姫の取り調べは終わった。

藤十郎と萬蔵は、月姫のところを出て行った。

遺体の老化現象——の話を聞かされた月姫は、四人の殺しの裏には何かあると痛切に感じていた。

「あの時、もっと真剣に止めていれば、少なくとも文兵衛って人は、死ななかったかもしれない……」

罪悪感に陥《おちい》った月姫は、独自に調べてみようとした。

三

月姫が調べたいのは、殺された四人の霊的な関係であった。

例えば——。

何らかの事故が起きたとする。船がぶつかるとか、大八車に轢《ひ》かれるとか、そのようなものは、たまさか起きた事故に見える。だが、実は、その害を加えた者と被害を受けた者には、霊的な因果関係があるのだ。よくあるのが、加害者の遠い先祖が、被害者の先祖に殺されていたりする理由だ。

これらは当人たちは知らないことだし、取り沙汰《ざた》されることはまったくないが、そういう例が幾つもあると、月姫は父親から聞いたことがある。

「生きてる人間同士なら、怨みを持っている者が人を殺すと、すぐにでも理解できるのだがな。その思いが、何十年、何百年も経って、子孫たちの間で繰り広げられたとしても、誰も信じようとはせんだろう。だが、霊がやっていることだ。その霊を鎮めぬ限り、目に見えない糸で操られた悲劇は繰り返されるんだ……永久《とこしえ》にな」

そう呟《つぶや》く父の低い声を、耳の奥で覚えている月姫だった。

早速、探索に乗り出した月姫は、高橋屋や文兵衛が住んでいた長屋などから、不穏な空気が漂っているのを感じた。

死霊の強い力だ。霊には、生霊と死霊があるが、月姫の体の芯までピリピリと伝わってきたのは、深い怨念だった。

「彼は、死んでまで、誰かに怨まれてたわね……」

月姫は痛いほどに胸が熱くなってきた。あまりにも激しい霊気が漂っているせいで、胸が苦しくなるほどだった。

一方――。

藤十郎たち町方の調べも、徐々にではあるが、進展していた。

大店の同僚などの証言から、文兵衛には妻のほかに親しくしている女がいることが分かった。これが、氷雨の夜に月姫が見た、文兵衛と一緒にいたという女であろう。十歳年下の水茶屋女だが、その女には文兵衛とはまた別の間夫《まぶ》がいたのである。

この間夫がろくでもない奴で、浅草を根城にした地回りのならず者だった。盗みや騙《かた》りによって島送りになったこともある。幸い御赦免花が咲いて江戸に戻って来たが、水茶屋の女のヒモになっていた。文兵衛は、その女を間に揉《も》めて、喧《けん》嘩《か》沙汰になったことがある。

「つまり……その間夫とやらが、文兵衛を殺したって言うんですかい？」

萬蔵は藤十郎に問いかけたが、そうでないことは、定町廻りが既に摑《つか》んでいた。文兵衛が殺されたであろう夜には、二人が一緒に酒を飲んでいたことを、居酒屋の者たちが何人も見ていたからである。

藤十郎が目をつけたのは、数本の毛髪であった。

――赤い毛。

それが、殺された四人の男たちの部屋、もしくは着物に絡みつくように残っていたのである。しかも、その長さや艶からいって、女のものであろうと藤十郎は睨んでいた。

もちろん、他にもいくつかの髪の毛は残っていたが、赤いものは珍しい。その重要な手がかりによって、下手人が絞られるであろうことを、藤十郎は願っていた。

「赤い毛の女なぞ、そう多くはないはずだ。萬蔵。心して調べてくれ」

藤十郎が岡っ引に命じたとき、生ぬるい風が一陣舞った……気がした。

ふと振り返ると、文兵衛の長屋の片隅に、ぼうっと立っている女がいる。地味な着物だが、前掛けのようなものをしており、それがお腹を守っているようだった。

——妊婦だ。

と藤十郎がみとめたとき、月姫が言っていたことを思い出した。

「お腹が大きな女を見たと言っていたが……まさか、この女のことでは？」

藤十郎は気になって近づこうとすると、女は背中を向けて裏手に消えた。

「おい、待て」

思わず声をかけた藤十郎に、萬蔵は首を傾げながら、

「乾の旦那。誰に話しかけてるンでやす？」

「誰って……今、そこに妊婦がいたじゃないか。もう臨月間近の」

「ええ？」

見間違いじゃないのかと言いながら、萬蔵が長屋の奥へ行くと、裏は隣家の土蔵の壁になっていて、人が通り抜けできる所などない。

「誰もいやせんぜ。しかも、ここはどん詰まりの厠《かわや》だ……誰も入ってねえし、旦那の目はどうにかしてるんじゃありやせんか？」

萬蔵に言われて改めて見廻すと、長屋のあちこちに泣いている小さな子供やぼうっと立っている女や、悔しそうに手拭いを噛《か》んでいる男、目の座った老婆などが数人、立ち竦《すく》んでいる。いや、表通りに出ても、辻の日陰になっている所には、悲しそうな顔をした連中が沢山、亡霊のように立っているのだ。

「……長屋には、こんなに人がいたのか？　そこにも、あそこにも……いや、向こうの路地にも、こっちにも……」

藤十郎は両手を突き出して、まるで夢遊病者のように歩き出した。その背中をポンと叩《たた》かれて、藤十郎はやっと我に返った。

「どこにいるんです、旦那。この長屋には、そこの婆さんがいるっきりで、後は働きに出てるし、通りには猫の子一匹いやせんよ」

「え……」

目を擦《こす》った藤十郎は、もう一度、辺りを見回した。

たしかに誰もいない。

――妙なこともあるものだ。

茫然《ぼうぜん》と立ち尽くしている藤十郎の脳裏に、月姫の言葉がチラリと浮かんだ。世の中には沢山、怨みを残している者がいて、成仏できずに漂っているということだ。その姿を〝霊感〟の強い者は見ることができる。

「まさか……」

藤十郎は小さな溜息をついた。たしかに、仏教の考えでは死後、極楽浄土に向かう冥途《めいど》の旅のために、四十九日の間、漂うという。浄土宗のように旅支度をせずとも、直ちに極楽浄土に行ける考えもあるが、いずれにせよ人間が考えたことだ。

――霊魂が残っているなどと、ばかばかしい。

藤十郎はなぜか妙に腹立たしくなって、何処かに苛立ちをぶつけたくなった。

とまれ、藤十郎は、赤い毛の〝持ち主〟が、四件の事件と重要な関わりがあると見て、前科者や変質者などに該当する者がいないか、手を尽くして探そうとした。

また、文兵衛の交遊関係の中に、他の被害者たちとの共通の知人がいないか、何度も殺された者たちの身辺を訪ねて、調べ廻った。

本人同士は見知らぬ同士でも、その友人知人を辿《たど》っていけば、意外と身近な所で繋がっているものである。

すると――。

四人の被害者のそれぞれの友達の友達の友達という人物は存在した。しかし、四人に怨みを持つとか、借金をしているなどの密接な関係はなく、どの事件に関しても、現代で言うところの〝アリバイ〟が成立していた。

必死の探索にも関わらず、四人の被害者は、犯罪に巻き込まれるような後ろ暗いところは見つからなかった。

「不思議だな……事件になりゃ、大抵一人や二人、被害者を快く思ってない者が、浮かび上がって来るもんだがなあ……やはり変質者の仕業か……」

藤十郎は自らの体に鞭《むち》打ち、へろへろになるまで事件解決の糸口を探そうとしていた。その努力の甲斐《かい》があってか、妙な繋がりが見つかった。

「それは何です、旦那……」

「旦那じゃないぞ、萬蔵。おまえも十手持ちなら、もう少しマシなネタを摑んで来ねえか、まったく役立たずだな」

「そこまで言うことはねえでしょ。こっちだって、ガキが生まれたばかりのカカアに尻を叩かれながら我慢して……まあ、そんなことより、関わりってのは？」

「うむ……殺された四人は、男祭に出ていたんだ」

「男祭？」

「ああ。本所深川の姫子《ひめこ》神社……ああ、なんとなく月姫に名が似てるな……あの姫子神社には、昔から男祭があったのを、おまえは知らねえかい」

「あんまり……」

と萬蔵は頭を搔《か》いて、

「どうせ、その町内だけで行われていた小さな祭でしょ？　三社なんかと違って」

「まあな。だが、男祭というくらいで勇壮でな、神社の階段から御輿《みこし》を転がして落とし、そこへ男たちがドッと駆け寄って、御輿の中の御神体を奪い合うンだ。

それを掴んだ奴は神社に駆け上り、氏神の姫子様に渡す。そしたら、御利益《ごりやく》があるっていうアレだ」

「御利益ねえ……随分と荒々しいことをするんでやすねえ」

「元々は漁師の間で、安全祈願のためにやっていたらしいのだが……その祭は死人や怪我人が出たので、取りやめになった。その最後の祭に、この四人は担ぎ手として、加わっていたのだ」

「担ぎ手……」

「ああ。担ぎ手だけが、投げ落とした御輿から御神体を奪い取る争いに加われるんだ」

御輿一体に、数十人が張りつくようにして担いでいるから、それが〝共通〟のことだと言われても、萬蔵にはピンと来なかった。祭は不特定多数が参加するから、その四人が祭に来ていたからといって、取り立てて騒ぐことでもあるまい。

「だが、担ぎ手となれば、別だ……しかも、その時に怪我人が出ていて、それがために祭は取りやめになっているのだ」

「では、乾の旦那は、そこに何かとっかかりがあるとでも？」

「うむ。四人の被害者が、お互いは知らないうちに、立ち寄る飲み屋や矢場、飯屋などもあるかもしれぬ。篤と調べてみてくれ」

藤十郎に命じられて、萬蔵は下っ引の数も増やして、綿密に調べ直すことにした。

「でも、あっしは……変態やろうの仕業だと思いますがね。人を殺してみたいとか言うバカな輩《やから》も増えちまったし……」

そう言う萬蔵に、藤十郎は、まだ探索は始まったばかりだと諫《いさ》めるが、

「見てくださいよ、旦那。この江戸には、あちこちから大勢の人が集まって、まるで人間のごった煮だ……」

町中は、疲れ切った行商人や道草をしている大店の手代《てだい》らで溢れており、茶店の床几《しょうぎ》に座るのだって、殺気だって席を奪い合う。男祭を地でいっているようなものではないかと言うのだ。そんな情景を見て、

「この中に、心を病んだ奴がいて、誰彼なく命を狙ってるんですよ……殺してえって鬼の顔を隠す、能面を被ってね……」

萬蔵はしみじみと言った。

たしかに、江戸には人が多い。生き馬の目を抜く勢いというが、藤十郎も危ない目に遭《あ》ったことは数限りない。

「心が病んでも、おかしかねえでしょ……でも、心って何処にあるんですかねえ」

萬蔵がポカンと口を開けると、藤十郎はまたぞろ月姫を思い出していた。

四

その頃、月姫も、被害を受けた者たち四人の住居を訪ね廻っていた。

「やはり、感じるわ……」

四人ともに同じ〝残霊〟を感じた。残霊とは、怨みの強い霊が家や物に漂っている残骸のようなもので、それが残っている限り、不幸や病気が続いたりするのだ。

月姫は、残霊を払う儀式をして、藤十郎にその事実を伝えた。

「同じ霊の残霊？　何ンだ、それは」

と藤十郎は、荒唐無稽《こうとうむけい》な話を信じようとしなかった。月姫は、被害者の繋がりを訴えるが、藤十郎は全く相手にしない。同じ祭に出ていたことは認めたが、まったく別々の人間に、怨みを抱いた同じ霊魂が祟っているなどという、出鱈目《でたらめ》な話を鵜呑《うの》みにするほうがおかしいであろうと、藤十郎は突き放すように言った。

「仮にそれが事実だとして、どんな下手人が浮かぶのだ?」

「そうじゃなくて、新しい被害を出さないためよ」

「新しい被害? まだ誰か殺されるというのか」

「私の霊感ではね」

「ふん……」

藤十郎に占い師を相手にしている暇はない。

「おまえのことも少々、調べたが、お父上は〝もののけ奉行所〟とやらの与力だった上に、著名な学者ではないか。もっとも、かなりの変人だったらしいがな」

藤十郎は若いくせに頭が固いので、月姫は辟易《へきえき》としていた。

「だから、お高くとまっている学問所出の役人なんて大嫌い。自分が一番偉いと思ってる」

「そんなことはない。俺はただ……」

「もういいです。鳥山様に直々にお話しすることとします。あなたよりはマシでしょうからね。町方同心として、どうぞご出世なさって下さいまし」

皮肉たっぷりに言った月姫は、ひとりで解決しよう——そう決心した。

「被害者四人は、どんな怨まれ事をしたのだろうか」

四人は必ず、何処かで繋がっているはずだ。月姫はそれを探ろうと、被害を受けた場所、遺品などを探索することにした。

実は――

月姫の父親は、今で言う〝民族学者〟ゆえに、過去に起きた不可解な事件の研究をしていた。その原因が霊的なものだという莫大な資料を、蒐集《しゅうしゅう》している。

下手人は捕まらず、未だに解決していないが、かつて、連続して町人が行方不明になるという事件があった。月姫の父親は〝透視する霊力〟で、不明になった人々の死体が捨てられた場所を的中させたことがある。

その後、町方から、極秘に探索協力を依頼され、様々な事件の解決の糸口を探ったが、下手人の捕縛には到らなかったから、逆に町方から疎《うと》まれるようになった。

武蔵野にひっそりある廃屋同然の家が、月姫の父・神乃戸玄済が隠居して住んでいる庵《いおり》だ。だが、玄済は、常に色々な怪事件の資料蒐集に飛び回っていた。

月姫は、その庵で、遺品から霊関係を探る〝集霊術〟を学んだ。

「原因は――土地にあり、物にあり、人にあり」

というのが父親の口ぐせで、殊《こと》に迷うと月姫はそれを金科玉条《きんかぎょくじょう》のように守って、改めて事件に関わった人たちが暮らした所や殺しのあった場所を調べるのである。もちろん、遺留品を調べるのではない。残霊を調べるがためにである。

北町奉行所の三田村たちは、藤十郎の進言によって、被害者が同じ御輿を担いで、男祭で競い合っていたことを重視し、不審な人物を見た者がいないか調べ直していた。

月姫も、近年、祭で起こった事件や事故を調べていた。四人に漂っていた残霊が、姫子神社に行き着いたからである。

だが、祭の最中に、殺しがあったのは、五十年程前に一度あったきりだ。その時の霊とは、月姫は感じなかった。

だが、姫子神社の境内《けいだい》や参道での事故は、この一年のうちに三、四件あった。

酔っぱらった男が階段から転がり落ちて、頭を打って死んだこと。心の臓を患《わずら》っていた老婆が参拝中に賽銭《さいせん》箱の前で急死。そして、臨月間近だった女が、男祭のとき、倒れた御輿の担ぎ手に倒されて大怪我をした——という三件である。

「どれも、今回の殺しとは関係なさそうだけど……いや……？」

脳裏に俄に蘇った氷雨の夜の女の姿を、月姫は明瞭に思い出した。

——お腹の大きな女。

胸騒ぎがしてきた。たまらず、駆け出そうとしたとき、ふと背後に気配を感じた。振り返ると、そこには藤十郎が立っていた。姫子神社の参道下に幽鬼のようにいる。

「お……脅かさないでよ」

「……月姫。おまえも、この神社のことが気になったのか？」

「じゃ、あなたも？」

「うむ。おまえの言う残霊などは分からぬが、殺された四人が同じ御輿を担いでいたのが気になってな」

「同じ御輿……」

月姫はじっと目を閉じると、まるで目の前で何かが起こっているかのようにドギマギしながら、急に胸が熱くなった。しばらく、じっと佇《たたず》んでいた月姫は驚いたように目をカッと見開くと、藤十郎の背後を見やった。

「やっぱり……」

「ん？」

「乾の旦那にも、救いを求めているようね、その女は」

「女……」

「妊婦ですよ。臨月間近の」

藤十郎は思わず後ろを振り向いた。今度は、寂しそうな目で立っている女の姿がハッキリと見えた。地味な柄の着物で、困ったようにお腹を抱えている。

「おまえは、誰だ？」

声をかけたが、女は返事をしなかった。月姫はすぐに藤十郎に説明をするように、

「話しかけてもムダよ。そこにいるのは、ただの霊……耳もなければ、口もない……私たち生きている人間のように、匂いを嗅《か》ぐことも、おいしさを味わうこともできない。ただ、そこにいるだけなのよ、何か言いたくて」

「じゃ、何が言いたいんだ」

「きっと、本人も浄土に行きたいんだと思う。けれど、行けない理由があるの。この世の中に何か強い未練があって」

藤十郎がじっと目を凝《こ》らして見ていると、女はすうっとまた消えた。

「分からない……一体、何があるというのだ、ここに……」

頭を抱える藤十郎だが、一縷《いちる》の望みを託して、月姫と一緒に、すぐさま調べてみた。

神社の階段から転落した酔っぱらいの女房子供も、心臓発作で死んだ老婆の親兄弟もすでに江戸から引っ越しており、事件と結びつくものはまったくなかった。

祭のときに、御輿の担ぎ手に倒されて怪我をした妊婦の夫にしても同じことで、ただの平凡な鋳掛屋《いかけや》で、五郎八《ごろはち》といった。

「これが、殺された男たちだ」

と名前を記した紙を五郎八に見せて、一人一人を確認させたが、まったく知らないと言った。

「五郎八さん……本当に知らないんだね？」

「へえ。知りやせん」

「で、女房は今、どうしてるんだい」

「女房……」

「ああ。子供の方は、祭の時に御輿の担ぎ手に押し潰されて、流産したと聞いたが」

「……はい。女房の方も、子供の後を追うように半年ほど後に……」

「半年後に？」

「頭を打ったらしく、寝たきりだったンですがね……もうどうしようもなくて……」

「そりゃ、悪いことを聞いたな」

「いえ。それが運命《さだめ》だったのでしょう」

女房の前世は、御輿の担ぎ手の誰かを殺したとでもいうのか……という目で、藤十郎は月姫を見やったが、何も言い返してこなかった。

「では、あっしは仕事ですので、これで……」

五郎八は深々と藤十郎に頭を下げて、長屋から表通りに向かった。

「女房は子供を流産し、女房自身も半年の後に……可哀想にな……姫子神社の男祭というのも、ただの偶然だったのかな……」

藤十郎はふと気弱な言葉を吐いた。しかし、月姫は逆に、

「どうも、今の人は気になるなあ……」

と表情を曇らせた。その言葉に、藤十郎も何か閃《ひらめ》くものがあった。

「そうか。俺たちの前に現れたのも、妊婦だったし……あの妊婦の亭主は五郎八かもしれぬなッ。そうは思わぬか、月姫」

「何がです」

「殺したのがだよ。四人の男を殺した下手人がだ。理由は簡単だ。もしかしたら、五郎八は女房を押し倒した御輿担ぎの男たちを怨んでたのかもしれぬ。ああ、そうに違いあるまい」

「旦那……」

「だとしたら、納得できる……祭の最中のことだ。どうしようもない力が押し寄せて来て、避けることもできなかったのかもしれない。そのために死んでしまった。けれど、女房とお腹の子の死を諦めきれない五郎八は、手当たり次第に、御輿を担いでいた奴らを……そうだ。きっと、そうに違いあるまい」

確信に満ちた顔になる藤十郎を、月姫は奇異な目で見ていた。

「旦那……だとしたら、あなたが見つけたという赤い髪はどうなるんです？」

「赤い髪……」

「ええ。四人が殺された所とか、殺された人に絡まっていたんでしょ？」

「それは……五郎八がわざと置いたのかもしれぬ。亡き女房のものをな……ああ、怨みを持つ者が己の仕業だとさりげなく残すことは、よくあることだ」

「そうですかねえ」

月姫は釈然としない表情で表通りまで出ると、すぐ近くの大店に五郎八が鋳掛仕事のために入って行くのが見えた。その方を、ぼんやりと見ていた月姫は、

「……そうですかねえ」

ともう一度、呟いた。

五

探索の結果、三田村は、姫子神社であった事故死などは全く関わりないと断定した。よって、〝変質者〟探しを専《もっぱ》らにすることとなったが、藤十郎だけは月姫の直感が気になっており、秘かに五郎八の身辺を探っていた。

しかし、五郎八の一日を追跡したが、特に怪しい点はない。

鋳掛屋という、人と顔を合わせる商いでありながら、職人気質が強いのか、近所づきあいはほとんどなく、休みには部屋に籠《こ》もっていて、挨拶もめったにしない。以前は、ちょっとした大店に奉公していたらしいが、店の者ともつきあいは

薄く、女房が死んで以来、益々、疎遠になったという。

「遊びじゃないんだ。俺の邪魔をするな」

と藤十郎に言われたが、五郎八のことが気になっていた月姫も、藤十郎とともに半ば強引に張り込んだ。

しかし、五郎八には何事もなかった。

翌日――。

五郎八はいつものように、浅草橋近くの長屋から、蔵前や柳橋、両国橋を東へ巡って、本所深川界隈まで、「いかけエ、いかけエ」と声を出して歩き回ったが、さして稼ぎにならなかった。

冬だというのに、雨でじめついた日だった。

五郎八は立ち寄った茶店の縁台で、草団子を食べながら茶を飲んで、立ち上がろうとした。すると、駆けて来た中年男の天秤棒が、近くを通りかかった老婆に掠《かす》って転倒させた。天秤棒担ぎは、一瞬、気づいたようだが、一言も謝りもせず、急ぎ足で路地に駆け込んだ。

その時、五郎八は、ふだん見せない恐ろしい形相に変わった。

その顔つきを、つけていた藤十郎はじっと見ていた。

五郎八はすっと立ち上がると、鋳掛道具は縁台の脇に置いたままで、天秤棒担ぎを追いかけた。まるで百年目の敵にでも出会ったような目つきをして、男を追った。

藤十郎と月姫も思わず追いかけたが、天秤棒担ぎがある大店の前に止まって、店の中に入って行くと、五郎八はしばらく店の暖簾《のれん》の前でうろうろしていたが、そのまま舌打ちをして立ち去った。

藤十郎は、一時《いっとき》も目を離さず、五郎八を尾行した。

五郎八は、茶店まで戻った後、長屋に帰り、翌日の支度をしたり、ひとりで近くの一膳飯屋に夕餉《ゆうげ》を取りにいったりするだけで、その日も特に変わった様子はなかった。

月が天中に昇った頃、長屋の木戸口で張っている藤十郎に、月姫が近づいて来て、

「この寒い中、月見ですか?」

「ああ、手先がかじかんできた。蕎麦屋《そば》でも来ればいいのだがな」

「それにしても、筆頭同心の言うことも聞かずに、一人で張り込みですか……まるで、下手人を追い詰めた意気込みですね。さすが優秀な人は違うんだ」

「また皮肉かい」

「いいえ。まあ、いずれ鳥山石燕様から、お声がかかるでしょうよ」

「それだけは御免被《ごめんこうむ》りたいね」

月姫は、五郎八を付け回す根拠を話してくれと言った。

「まず、現場に残留した毛髪だが、やはり五郎八の女房のお徳《とく》のものかもしれぬのだ。近所の者の話では、少し赤らんでいたって話だ」

「そういや……あの女も赤いかも」

「あの女?」

「ほら。私たちが見た、あの……」

「しかし、ありゃ〝霊魂〟なんだろう? 俺たちの目に見えるだけで、実在しないのだから、髪の毛だって……」

「ほら、旦那もまた言った」

「え?」

「やっぱり、旦那、気になるンだ。あの女のこと……誰にも見えないけれど、旦那と私にだけは見える」

藤十郎は曖昧《あいまい》に返事をして、

「それだけではない。もうひとつの訳は……下手人は誰かを狙って殺したのではなくて、手当たり次第に殺《や》った……そう思ったからだ」

五郎八の女房は、祭の時に、人垣の中で倒れて下敷きになり、殺されたも同然だ。しかも臨月間近だった。それを事故で片づけられては、亭主として怒りのやり場がないではないか。藤十郎はそう感じたのだ。

「俺なら、あの御輿を担いでいた奴ら……御神体を死にものぐるいで奪っていた奴らを、ぶっ殺したいくらい憎くなるかもしれぬ」

「あら、旦那にも女房子供が？」

「いるわけないだろうッ」

「そんなに怒らなくたって……では、御輿を担いでいた人たちへ、女房子供の仇《あだ》討《う》ちをするために？」

「そこまでは分からぬ。しかし、女房を失った辛さ、悲しさ、苦しみを、何かにぶつけたい気持ちは分かる」

藤十郎も幼い頃、探索中だった父親が、人助けをするために、火事に巻き込まれて死んでいるからだ。

「そうだったの……」

同情の目で見やった月姫は、それでも自分は違うと考えを述べた。

「私は、五郎八さんのせいではないと思ってる……殺された人の霊が復讐している。きっと、そう」

月姫は死霊の仕業だというのである。被害者の周辺には、その霊力が残っていた。だから、被害者はまだ増える可能性がある。なぜなら、五郎八が下手人なら、残霊などないはずだからだ。

苛立《いらだ》った藤十郎は、思わずカッとなった。被害を受けた者同士に繋がりはなく、凶器もハッキリせず、見た者や証言もないままで、ミイラ化した死体の謎も解明できていない。

「残霊だか何だか知らないが、それが仇討ちをするなんて、やはり……そんな話を信じろという方が無理であろう」

藤十郎は、月姫を異端児扱いして、二度と顔を見せるなと怒鳴ってしまった。何故、そこまで言う必要があったのかと、自分自身でも分からない藤十郎だったが、恐らく己が学問を通じて信じていたことが崩れてしまうことへの不安感だったのかもしれぬ。

数日の後――。

三田村支配下の定町廻り同心や岡っ引たちが探索を続けた結果、女房と子供を失い、自棄《やけ》になって人を殺したという疑いで、五郎八に目をつけた。しかし、それだけでは捕縛しようがない。お白洲《しらす》の際、有力な証《あかし》になる凶器でもでない限り、今の段階では下手人と断ずるには無理がある。

藤十郎は直に、五郎八の出先まで訪ね、四人の殺しがあった当日の行いを、もう一度、さらってみることにした。むろん、五郎八は不愉快な顔で、話したくもないと追い返すが、藤十郎は執拗《しつよう》に詰め寄った。

鋳掛屋は町中を自分の好き勝手に歩き回ることができる。ゆえに、人に覚えられているかもしれないが、殺したい相手を自由に追うこともできる。

「いや……奴は、誰でもいいのだから、目についた者を殺したのではないか……いつぞや、茶店の前で、老婆に天秤棒をぶつけて逃げた男を執拗に追ったように……」

藤十郎は、五郎八にきちんとした今で言う〝アリバイ〟があるかどうかをたしかめた。すると、殺害事件のあった日は全て、大店から暇を取っていたのだ。

さらに、五郎八の身辺探索を続ける藤十郎だったが、四人の殺された男たちと

の個々の接点は全くなかった。しかし、

――変質的な殺人鬼だったら、またやるに違いない。

藤十郎の思いは次第に確信に満ちてきた。

そんな時――。

「命が惜しかったら、探索をやめろ」

と藤十郎の背後で声がした。

振り返ると、いつぞや見た妊婦が立っていた。いや、妊婦の亡霊だ。

「おまえは、五郎八の女房だな……なぜ、そのようなこと言う……もしかしたら、五郎八は、おまえのために殺しをしているのかもしれぬのだぞッ……そんなことをさせてもよいのか。それが、あんたの望みなのか!?」

藤十郎は思わず声をかけたが、その女は薄ら笑みを浮かべて、また闇の中へ消えた。とっさに追いかけて腰の刀に手をあてがったが、亡霊が相手ならば斬ることも叶わぬ。切った鯉口《こいぐち》を戻して、

「なんだ……俺も、月姫に惑わされてしまったようだな……」

藤十郎は闇に向かって、吐き出すように呟いた。

六

藤十郎は、三田村に事情を述べ、五郎八の女房の毛髪を証拠として、捕縛するように訴えた。亡霊を信じたわけではない。だが、

「命が惜しかったら探索をやめろ」

というあの声は、亭主を守ろうとした女房の霊の声かもしれぬ。喋《しゃべ》れぬはずだが、それでも、その思いだけは藤十郎に通じさせようとしたのであろうか。

しかし、たとえ理由がなんであれ、殺しが許されるはずがない。藤十郎は意地になって、五郎八の長屋に押しかけ、四人の殺害された場所に落ちていた毛髪のことを話して、激しく追及した。

すると、突然、素直になった。

「も、申し訳ありません……」

本当の下手人というものは、小さな証拠をつきつけられても、動揺して自白することがあるが、五郎八も例に漏れず、自分がやったと認めたのだ。

「私がやりました……」

四つの殺しは認めたものの、凶器として使った刃物の処分については、ついに口を閉ざしたままだった。長屋の中を探したが、見つからずじまいだった。

大番屋に連れて来た藤十郎は、五郎八を取り調べた。吟味与力も来ていて、様子を窺《うかが》っている。

「なぜ、殺したりしたのだ？」

藤十郎は、天秤棒で老婆を引っかけた男を、しつこく大店までつけたことを見た――と話した。すぐさま、寂しげな笑みを浮かべて、五郎八は答えた。

「祭御輿の担ぎ手が将棋倒しになり、その下敷きになって、お腹にいた子供、そして女房が殺されたからですよ」

「殺された？」

「そうじゃねえですか。祭だからって、どうしてあんなに血まなこになって、争って、人を押し倒さなきゃならねえんだ……御神体が欲しいだって？　それを手に入れりゃ幸せになれるだって？　冗談じゃねえや……そのために、女房と子供は殺された」

「……」

「目の前で、倒れている腹のでかい女房のことなんぞより、御輿から御神体とやらを取ることの方が、奴らには大切なことだったんだ。人を蹴倒して、踏み潰して、命まで奪って、そんなにてめえが幸せになりてえのか……あっしは、そんな奴らの気持ちは、ちっとも分かりやせん……見ず知らずの奴らだが、女房を殺した者たちが憎かった……」

五郎八は、祭御輿を見るたびに、腹の底からむかついてきて仕方がなかったという。

「ああいう自分勝手な奴らに……女房は殺されたんだ……」

そう思って憎しみを抱き、その者のあとをずっとつけ、衝動的に殺したと自白した。

しかし、藤十郎は少しばかり違和感を否めなかった。凶器が残っていないこともあるが、五郎八は祭には一緒に行っていないし、御輿を担いでいた男たちも見ていないはずだからだ。後で調べたとしても、一々、男祭で御輿を担いだ数十人をみんな探すことなんかできようか。

そもそも、どうして妊婦の女房が、そんな危険な祭に行っていたのかが、藤十郎には気になった。

「祭に行ったンじゃねえ、旦那……よく調べて下せえよ。このことは、あっしは子供を流産したときにも、お奉行所に出向いて言ったんだ……破水して、生まれそうになったから、近くの産婆を呼びに行こうとしたんだ……俺がいなかったから、自分でね……」

「ええ？」

「その途中、出くわしただけだ……姫子神社は安産の神様で、腹帯もそこでいただいてたんだ。産婆の家は参道下にあって、それで……」

「――そうだったのかい……」

藤十郎はいたく同情したものの、殺しは許せないと断じた。

「へえ……申し訳ありやせんでした……これで、あっしも安心して、あの世のお徳の所へ……女房の所へ行くことができまさあ」


その夜、遅く――。

月姫は、八丁堀の藤十郎の屋敷に向かっていた。

藤十郎から、ちらりと亡霊の声を聞いたことを耳にしたからである。悪霊は、復讐を邪魔する者さえ、犠牲にすることもある。

（藤十郎の旦那の前に現れたとしたのなら、そのためかもしれない……）

不吉な予感がした月姫は、藤十郎の屋敷に急いだ。藤十郎は、たしかに〝何者か〟に狙われているに違いないのだ。

月姫は、藤十郎の屋敷に着くと、勝手に上がり込んだ。

すると――怪しげな霧が、藤十郎の部屋を包んでいた。


藤十郎は、躰《からだ》が浮いたような感覚になっていた。

その時、月姫が『呪文』を唱えながら、飛び込んで来た。

ハッと目覚める藤十郎だった。月姫はなんとか間に合ったと安堵《あんど》したが……まだ月姫の話を信じることはできなかった。ただの金縛りだと思っていた。

「金縛りだって霊現象のひとつだよ。どうしたら、私の言うことを聞いてくれるんだい？　このままじゃ、旦那まで本当に殺されるかもしれないよ」

藤十郎はすべて〝科学的〟な根拠がなければ納得しない。

「そう……そこまで言うなら、分かったわ……見せてあげる」

月姫は、すぐさま厨房《ちゆうぼう》の竈《かまど》に火を入れて、火鉢の火も燃やし、行灯《あんどん》もつけた。

「何をする気だ……」

「ごらんなさい」

室内の温もりを、どんどん上げると、小さな風が起こって、部屋中をぐるぐる吹き抜けた。ひんやりとしていたが、やがて肌がポカポカしてきた。

そして、月姫がじっと指すところを見ると、青光りがしている箇所が幾つかあった。

藤十郎の室内には、誰もいないのに、複数の人間がいるような〝反応〟が出たのだ。つまり、そこには、目には見えないが、人間と同じ〝何か〟がいるのだ。

「どうして、そこが青いか分かる？　私たちが温めても、温まらないモノたちがいるという証なの。この世にはね、私たちの力では動かしようのないものがあるのよ」

藤十郎は、少しだけだが、月姫の話も聞いてみることにした。一度だけ、同じような〝実験〟を学問所でもしたことがあるからだ。

——被害者たちは、五郎八に殺されていたのではなく、五郎八の女房の霊に殺されているのではないか。

というのが、月姫の推理である。

唐突な発言に、藤十郎は戸惑ったが、その後、事件をじっくりと調べてみて驚いた。

被害者たち、つまり、杉野屋治兵衛、越前屋吉右衛門、尾張屋伝右衛門、そして文兵衛は、男祭の際、最も御輿の御神体の近い所にいて、激しく争っていた。

だが、モノの弾みで倒れかかり、通りかかったお徳を巻き込んだ。

本来なら、気がついて助けるべきだが、妊婦と承知しながら、四人とも御神体を奪う方へ戻った。お徳は、

「助けて……！」

と悲痛に頼んだが、四人はそのままお徳を足蹴にするどころか、踏み台にして御輿の方へ向かったのである。

「まさか……」

「お徳さんは、自分のお腹の子供を踏み潰して殺した人たちが許せなくて、仇討ちをしようとしているのよ」

それでも、そのようなことを、藤十郎が信じるわけがない。

「一刻も早く、処置しないと、まだまだ被害が出るわ」

切羽詰まった顔で、月姫は詰め寄った。

「だが、どうやって……」

「霊を鎮めるのよ。きちんと成仏させてあげるしかないの」

お白洲に送られる間際になって、「あっしはやってない」と五郎八は言い出した。三田村は俄に信じがたかったが、五郎八は必死に食い下がった。

「今更、何を言う。処刑されるのが恐くなったか」

「――女房がいない人生なんて……もう、どうでもいいと思ったのです」

「いい加減なことを言うなッ」

三田村は怒鳴ったが、お白洲で奉行の前で白を切っても、もはや罪は免《まぬが》れぬであろう。一度白状したことを覆《くつがえ》すことは難しかったからである。

とはいえ、万が一、五郎八が殺しをしていなかったとしたら、それこそ罪のない者を断罪してしまうことになる。赤い髪も、五郎八の家からは見つかっていない。

三田村としては重大な選択を迫られたことになるが、ここで町奉行が弱気を見せると、ますます捕縛から白洲、小伝馬町送りは困難になってしまう。

「新たな下手人が出れば、解き放ってやるが、まあ無理であろうな」

五郎八は改めて、奉行所内の牢に留め置かれたが、奉行が評定所を経て裁決すれば、即日処刑である。

藤十郎は、月姫の進言に従って、例繰方《れいくりかた》・永尋書留役《ながたずねかきとめやく》に保管されている『古今異聞文書《こきんいぶんもんじょ》』を徹底的に調べてみた。永尋とは未解決事件のことで、古今異聞は月姫の父親が集めて整理したものである。

それをもとに、月姫に、過去三十年の様々な連続殺しの被害者を調べさせると――それぞれの事件において、被害者と加害者には、過去に関係がある場合がある。また重要な事故等を過去帳も含めて探ってみると、加害者と被害者の先祖同士が、実は関係があったという調査もあった。

「つまり……今までの解決できていない謎の事件のいくつかは、下手人を捕まえる事などできないはず。下手人は、この世の者ではないのだから……！」

藤十郎は犯罪の予防に徹しようと、上司を説得しようとした。つまり、次に起こるかも知れない事件を考えるのだ。だが、それは町方の仕事ではない。それに、『古今異聞文書』は単なる資料に過ぎないと、意見を突っぱねられた。

「我々は生身の人間が下手人だと信じて行動しているのだからな」

と三田村は言い、〝もののけ奉行〟を信望し始めている藤十郎をバカモノ扱いした。

七

同じ頃――月姫の占い所に何者かが侵入し、あらゆる文書が盗み出された。

「誰が、なぜ、何のために……!?」

月姫は、藤十郎に報せて、この事件の更に裏にあるものを探ろうとした。

藤十郎もピンと来たものがある。

「筆頭同心の三田村さんは、何か重要なことを隠そうとしている。そんな気がするんだ」

「ほらね。その直観っていうの、なぜピンとくるのか、説明できる？　ムシの知らせとか、危険な予感とか感じるのはなぜか、説明できないでしょ？　でも、感じるのは真実なんですよ」

と月姫は笑って言った。

藤十郎の〝直観〟によって、月姫も行動を開始した。

死霊に狙われている藤十郎を助けなくてはならない。藤十郎だけではない。大勢の犠牲者を出さないためには、人を襲う怨霊を成仏させなくてはならないのだ。

ある時、藤十郎は、奉行所に出入りしている植木屋が、不審な行動をしているのに気づいた。月姫と藤十郎を監視していたのだ。八丁堀の屋敷では、盗み聞きまでされていた節がある。

一方、月姫は、自分だけの手にはおえないと、父親の神乃戸玄済の霊力も借りようとしたが、神乃戸は、いつものように、何処かへ旅立ったまま、音沙汰がなかった。

藤十郎は、植木屋が目付とも連絡を取り合って、月姫の監視を強化したことを知る。実は、神乃戸が事件に関係することを警戒しているのだ。その理由は、町方は、神乃戸の特殊な能力によって、探索を邪魔されることを、懸念しているからだ。

「父が、町方の邪魔……？」

月姫は知らないことだった。

藤十郎が調べたところによると、月姫の父親は、真実を語ろうとするあまり、人心の不安を煽《あお》ることが多かった。ゆえに町方からすれば、人々が恐がって口を閉ざすので、探索上、不具合がいくつも生じたのである。

その父から、伝書鳩の文《ふみ》が届いた。

『気をつけろ。おまえを消すのは、死霊ではない。奉行所、いや幕府かもしれぬぞ』

というものだった。

そんな矢先——五郎八のお白洲が執り行われ、小伝馬町牢屋敷送りとなった。初めの殺しを見たと言う者が現れ、事件は、急激に解決に向かったのである。

「どこか不自然……これで、本当に町方の面目が立ったの？」

と月姫は思った。

第一、五郎八が下手人だと断定するには、不明な点が多すぎると感じる。凶器が何か、殺害方法は、動機などがあやふやで、犯行日時も不明だ。

案の定、小伝馬町送りになってからも、五郎八は犯行を否定したが、それは咎《とが》人《にん》の常套手段である。誰も相手にしなかった。

「五郎八さんではない。そう証明されるには……また事件が起こるしかない……」

不吉な考えが月姫の脳裏に浮かんだ。同じようなことを藤十郎も考えていたが、そのとおりに事件が起きてしまった。

月姫は、五郎八の女房が死んだ時と同じ刻限に、姫子神社の参道下にいた。すると——そこを通りかかった一人の大店の番頭らしき男が、月姫は気にかかった。

番頭らしき男は、別の男を尾《つ》けているようだった。そして、背後から近づき、隠し持っていた匕首《あいくち》で、男を刺そうとした。

瞬間、月姫は、咄嗟《とつさ》に「やめなさい！」と叫んでいた。

ドキッと番頭風は振り返ったが、月姫はその男の異様な目に驚いた。その男の背後に、女の姿が見えた。

「！……あれは、誰!?」

逃げようとする番頭風を、月姫は追いかけ、揉み合うちに怪我をしてしまった。だが、駆けつけて来た萬蔵が、番頭風を取り押さえて、事なきを得た。藤十郎に命じられて、月姫を護衛していたのだ。

藤十郎に身柄を捕えられた番頭風は、きょとんとしたままだった。まるで悪夢から覚めたような目で、じっと大人しくしていた。

「なぜ、人を殺そうとした」

藤十郎が問いかけても、どう答えてよいか分からないようだった。

「……」

「酒問屋に奉公している通いの番頭だそうだな。勘兵衛《かんべえ》……おまえの家を探索したが、血の痕が付着した匕首も見つかった」

四件の殺しの下手人は、この勘兵衛という男だったのである。

「よく分かりません……やったような……やってないような……」

勘兵衛はそう言うだけで、要領を得ない。酒に酔ってでもいるのかと調べられたが、そうではなかった。しかし、殺しの〝現行犯〟で、匕首という証拠が出た上は、下手人に間違いないと思われた。

――だが、殺す理由がない。

以前、告白したとおり、五郎八は、男祭であったような、自分勝手な人間を見ると、〝こんな奴が女房を殺した〟と思って殺意を抱いてつけたことがある。だが、実際にはできなかったと言った。

しかし……。

「これで、小伝馬町送りになった五郎八が下手人でないのは明白だ」

と藤十郎は、奉行直々に訴えた。

しかし、まだ〝共犯〟の余地もあると釈放されなかった。

納得できない藤十郎のもとに、〝もののけ奉行〟が訪ねて来た。鳥山石燕である。どことなく風格があって、まさに鬼夜叉でも取り憑《つ》いているような顔つきだった。

鳥山が言うには過去に何度も、古今異聞に記された事件に関わったことがある。月姫の父親である神乃戸とは、奉行と与力の関わりではあったが、肝胆相照《かんたんあいて》らす仲で、親友であった。ゆえに、神乃戸に頼まれて、事件の背後関係を極秘に調べたのだ。今回と同じように死体が変化するような事件だった。しかし……その真相が明らかにならないまま、次々と死体が増えるので、事件が行き詰まり、関係ない人物が下手人にデッチあげられてしまった。

理由は……霊が下手人では、一般に説明できず、町方が困る。また、そのような解決が横行すれば、人心に不安を与え、社会秩序が乱れる恐れがあるからだ。

「それじゃ、町方が下手人を作ってるんじゃないか。犠牲者がまだまだ増えるかもしれないのに！」

藤十郎は、許せない——と怒った。

「だが、どうやって納得させる。おまえにそれができるか？」

鳥山は、不可思議な事件を合理的に解決できないために、以後それらに深入りするのを拒絶するようになったという。

「私は、あなたのように弱くない。絶対に負けない」

たとえ一人になっても、藤十郎は、月姫とともに怨霊を退治すると決心した。


その夜――。

勘兵衛の躰から抜け出た女の霊が月姫のもとに現れた。それは、五郎八の女房・お徳の幽霊だった。

お徳は、月姫に切々と訴えた。

「――私は、まもなく、子供を産むところでした。しかも破水をして……」

そんなお徳をドッと押し倒し、助けもしないで、行き過ぎる男たちがいた。それが、御輿の御神体を奪い合う男たちだった。

「あの男たちは、自分勝手に人を押しやって、そして倒れた私の躰を踏みつけてまで、御神体を欲しがった。他にも誰も、私を見向きもしない……私は、絶対に許せない。だから、その時の一人に乗り移って、あそこにいた人たちみんなに復讐をするのです。許せなかった……どうしても……！」

お徳の霊はそう嘆《なげ》いた。

「でも……」

「いけませんか……私は悪いことをしているのですか……私はいい……でも、生まれてくるはずの子供が可哀想……亭主もあんなに楽しみにしていたのに……私をこんな目に遭わせた人たちは、御神体を摑んで歓喜して、いけしゃあしゃあと暮らしてる……私が死んだことなんか知らずに……」

嘆きから、さめざめと流れる涙雨となった。そんなお徳に近づいて、月姫は、

「それでも……いけないのよ」

「……」

「怨みを晴らすために、人を殺すなんてとんでもない。そのために、あなたの旦那様自身がまた疑われてるのよ」

「亭主が……」

「そうよ。旦那様の方もあなたに心から惚れていた。だからこそ、怨みを晴らしたかったはず。でも、どんなことがあっても、どんなひどい仕打ちを受けても、人殺しだけはいけない……旦那様はそう思って手をかけなかった」

「……」

「なのに、あなたは旦那様にまで迷惑をかけたことになるのよ」

同情しながらも、月姫は懸命に訴えた。

「あなたが殺した人たちにも親兄弟がいるわ。ちがう？　もう、これ以上のひどいことはしないで」

「私の亭主が……」

自分の夫が下手人扱いをされていることで、お徳の霊は、ほんの少し気落ちした。その瞬間を逃さず――。

「オンマカ、ソワカ！　マユキラテイソウシャ！」

と呪文を唱えた月姫は、全身全霊で何度も繰り返した。

「怨みだけではだめッ。その邪心がある限り、永遠に不幸は繰り返し続くのよ」

月姫は力の限り、死霊を封じ込めた。

しかし、彼女の気持ちは痛いほどわかる月姫だった。

これで、五郎八の女房の霊力による怨みは消えて、犠牲者は出なくなるだろう。

「でも、他にも、まだまだ沢山、同じ様な怨みを持つ霊がある。それが、今回のような事件に発展しなければいいけど……」

いつ、誰が、何処で、犠牲になるかもしれない——。

「人の心の中に棲む怨みや嫉妬などが、度を越して固まると、妖怪のようになる。人がいる限り、それはなくならないのかもな」

後日、藤十郎は月姫にそう言った。

「おや？　どうやら、乾の旦那も、〝もののけ奉行所〟の同心になりそうね」

「さあな」

「なりますよ、きっと」

そう言いながらも、月姫は、霊を鎮める者、つまり霊媒師の本当の必要性を、この事件を通して学んだ気がした。

五郎八は下手人にならずに済んだ。

月姫から、話を聞いた五郎八は、半信半疑ながら、

「すべて私のせいだ。人を怨んでばかりで、女房をちゃんと供養しなかったから、女房が私のために復讐を……」

五郎八は、死んでなお女房の愛情を感じるのだった。

遺体のミイラ状態化は、余りにも強い霊力が及ぼした熱によって、起こったも

のと思われ、残された赤い髪も、お徳の怨念のせいというところか。しかし……事件は、勘兵衛という男が犯した、動機のない殺しとして北町奉行所内で処理された。

ただし、勘兵衛は処刑されずに、別の人間として生きる道を与えられた。これは、〃もののけ奉行〃の采配だったということは語るまでもない。

（了）

あとがき　―同じ殺陣はひとつとない―

ある殺陣師の方と対談をする機会がありました。

テレビ時代劇の仕事をしているときには、その番組の殺陣師と雑談をすることはありましたが、〝殺陣〟に賭ける熱い思いを改めて感じました。

殺陣という言葉は、江戸時代（文化年間頃）からあるようですが、この二文字を〝タテ〟と読ませて一般的に広めたのは、新国劇の澤田正二郎《さわだしょうじろう》だと言われています。優れた日本語のひとつだと思います。

速さとリアリティが殺陣の命だということは、観客や視聴者も充分、承知していることだと思います。能や歌舞伎の〝立ち回り〟とは違って、まさしく真剣味が殺陣の凄いところで、刀を持って斬り合う人と人の気持ちにまで迫ってくるものがあります。

時代劇でお約束のラストの斬り合い、いわゆる〝ラスタチ〟は主人公がポンポンと軽く鮮やかに斬り倒しているように見えますが、撮影現場や舞台などで傍らから覗いていますと、それは息詰まるほど真剣です。ドラマや芝居のクライマックスシーンなのですから当然なのですが、その真剣さが迫力満点の斬り合いを生み、それまでのストーリーと相まって凄さを増します。

斬られ役は、文字通り斬られるのが役目ですが、心の中には相手を斬り倒したいとか、斬られてなるものか、あるいは死にたくないという気持ちがあって、よりリアルな殺陣になるはずです。気迫に真実味があるのは、殺陣師に役者出身の方が多いからかもしれません。

その映像や舞台の殺陣を活字で再現することは難しい。優れた剣豪小説を書かれている作家には本当に敬服します。抽象的にイメージだけで書くことは可能かもしれませんが、美辞麗句を重ねれば、読者に興奮を与えられるというものではありますまい。

正直言って、映像や芝居を超える〝殺陣〟を文章で書く自信が私にはありません。ですから、『くらがり同心裁許帳』『ふろしき同心御用帳』『梟与力吟味帳』『刀剣目利き神楽坂咲花堂』『とっくり官兵衛酔夢剣』などは、腕の立つ者が主人公でも、激闘を繰り広げることはまずありません。もちろんキャラクターにも由来しますが、どうやっても映像や芝居には敵わないという引け目があるからです。

同じ時間芸術ではあっても、映画や芝居が絶対的な流れがあるのに対して、小説は読者のテンポや都合があります。読んでいる場所や気分などの環境もそれぞれ違います。十人十色の解釈もあるでしょう。逆に言えば、バラエティに富んだ試みができるということです。

ですから、小説は一編一編がまったく違う〝殺陣〟を含んでいるとも言えるのです。私はまだ書き下ろしを六十冊ほどしか書いていませんが、ひとつたりとも同じ〝殺陣〟を披露したつもりはありません。

しかし、この短編集は前回の『ほろり人情浮世橋　ひとつぶの銀』同様、既に別名で発表した作品集で、後に作り直したものもあります。「ふろしき同心」はまさしくその一編で、キャラクターは変わっていますが、シリーズ化されました。また、「鬼火の舞」などは短編と言いつつ、シリーズにしたいと思っていたものです。巻末の「もののけ同心」も純粋な短編というよりは、シリーズの第一話のような感じになってしまいましたが、如何《いかが》でしょうか。

話は変わりますが、ある大学で講師をしております。

学生と接する時間は楽しいことなのですが、脚本や小説の類《たぐい》は教えられるものではありません。教えるとは二度学ぶことだと言いますし、小説であろうと脚本であろうと、年季や経験は関係ありません。いつまで経ってもゼロからのスタートです。ですから、一作一作を愚直に書くしかありません。

イギリスのロマン主義の詩人コウルリッジの言葉に、

「作家の感動や経験から主題が得られたとき、作品の優秀さが真の詩的能力を証明するかどうかは疑わしい」

というのがあります。

とすれば、類希《まれ》な経験や感動的な生き様もなく、豊かな詩的才能もない私はどうすればよいのかと、茫然と立ち尽くすしかありません。ですから、読んで下さる方々の想像力に縋《すが》るしかないというのが本音です。しかし、そのためには作者の不断の知識吸収や感動への興味を増やさなければなりません。もっともっと勉強せねばなりません。

再びこのような機会を与えて下さった竹書房さんに御礼申し上げますと同時に、励みを下さった読者のみなさんには、心から感謝を致します。ありがとうございました。

平成二十年十一月　　井川香四郎

●初出一覧

「鷹匠でござる」＝『小説ＣＬＵＢ』（桃園書房）一九九五年九月号
「ふろしき同心」＝『小説ＣＬＵＢ』（桃園書房）一九九五年八月号
「鬼火の舞」＝『小説ＣＬＵＢ』（桃園書房）一九九八年五月号
「菖蒲侍」＝『小説ＣＬＵＢ』（桃園書房）一九九五年一〇月号
「ため息橋」＝『小説ＣＬＵＢ』（桃園書房）一九九六年三月号
「もののけ同心」＝書き下ろし

ほろり人情《にんじょう》浮《うき》世《よ》橋《ばし》
もののけ同《どう》心《しん》

2008年 11月 27日　初版第1刷発行

著者　井川香四郎

編集協力　大黒社
表紙イラスト　安里英晴
フォーマットデザイン　橋元浩明(so what.)

発行人　高橋一平
発行所　株式会社竹書房
〒102-0072 東京都千代田区飯田橋2-7-3
電話：03-3264-1576(代表)
03-3234-6208(編集)
http://www.takeshobo.co.jp
振替:00170-2-179210
印刷所　凸版印刷株式会社

定価はカバーに表示してあります。乱丁・落丁の場合には当社にてお取り替え致します。

ISBN978-4-8124-3659-2　C0193